JN204440

兵隊さんに愛されたヒョウのハチ

祓川学 作
伏木ありさ 絵

ハート出版

兵隊さんに愛されたヒョウのハチ

もくじ

プロローグ　中国へ、くじら部隊出発

雲ひとつない青空からふりそそぐ太陽は、花壇に咲く大輪の向日葵を照らしています。その姿はまるで楽しく会話がはずんでいるかのようです。

〝ミーン、ミンミンミー〟

セミのけたたましい鳴き声が響く中、道幅が広い道路は車や自転車が行き交い、路面電車もガタンゴトンと音を立てて走っています。

八月上旬、ある日のこと。

高知市の中心部から車で一〇分ほどの場所にある、子どもたちの遊び場ともなっている『高知市子ども科学図書館』の一室は、おでこからは汗が吹き出し、体操座りをして紙芝居を見つめる大勢の子どもたちで埋めつくされていました。

「ある日のことです。成岡さんを真っ先に出迎えてくれるハチの姿が見えません。部屋のかたすみでハチはうずくまって苦しんでいました。首のあたりが大きく腫れあがっています。

〝ハチ、いったいどうしたんだ〟

成岡さんはあばれるハチをやっとのことで押さえつけ、するどい牙が生えている口の中に、自分の手を入れたのです。

〝ぐうぅ・・・〟」

紙芝居を読む図書館の指導員の横には、ガラスケースの中でいまにも飛び出してきそうな、目をぎょろりとさせた大きなヒョウのはく製が飾られていました。

この図書館では、日本が終戦記念日の毎年八月十五日前後に年一回のみ、地元高知市の子どもたちに紙芝居の読み聞かせイベントを開いています。戦争を知ること、そしてその大切さを学ぶ場として、数年前から行われています。

子どもたちは紙芝居に、かわいい子ヒョウが登場するたび、身を乗り出してお話に夢中になっていました。読み聞かせが終わると、子どもたちはヒョウの似顔絵を描いたり、感想文を書くなど、そのとき感じた気持ちを伝えていました。

実はこの絵本のお話は、いまからさかのぼること七十七年前、中国の山奥で、一頭の野生のヒョウと日本の兵隊さんたちが心を通わせたという、実際にあった物語です。

昭和十二（一九三七）年七月、中国で起きた盧溝橋事件をきっかけに、日本と中国の間で支那事変（日中戦争）といわれる戦争がはじまりました。日本軍は兵隊を増員するために多くの男子に召集令状を発令し、戦争にかりだしました。

この物語の主人公、成岡正久さん（当時＝二十五歳）も日本軍の兵隊として戦地へと向かうことになりました。

高知県で生まれ育った成岡さんの身長は一八〇センチをゆうに超え、肩幅も広くて、筋肉隆々でたくましく、立派な体つきをしていました。大学生のころはハンマー投げの選手として全国大会にも出場するほどのスポーツマンでした。

成岡さんの配属先の部隊は、別名〝くじら部隊〟と呼ばれていた歩兵二三六連隊第八中隊の第三小隊でした。高知県は海が近く、くじらがいた海域でしたから、そう呼ばれていたといいます。

小隊長を命じられた成岡さんは、高知駅から列車に乗り、香川県の坂出港に着くと、船で中国の戦地へ向かったのです。今の時代のように外国へ行く交通手段はまだ飛行機ではなかったのです。

中国でのくじら部隊の任務は、「作戦」と「警備」の二つでした。「作戦」は、敵と戦い、相手を撃破し、地域を占領することでした。「警備」は占領した土地を放っておけば、また敵の手に渡ってしまうため、戦いながら死守をすることでした。

中国に入り、各戦地を転々と移動していた昭和十四（一九三九）年十月のことです。

〃くじら部隊〃の次の任務地は、中国の内陸地を流れる長江の中流域に位置する湖北省陽新県と大冶県の県境にある銅山『牛頭山』でした。長江（河口付近は、揚子江とも呼びます）は全長六三八〇キロメートル、中国ならびに

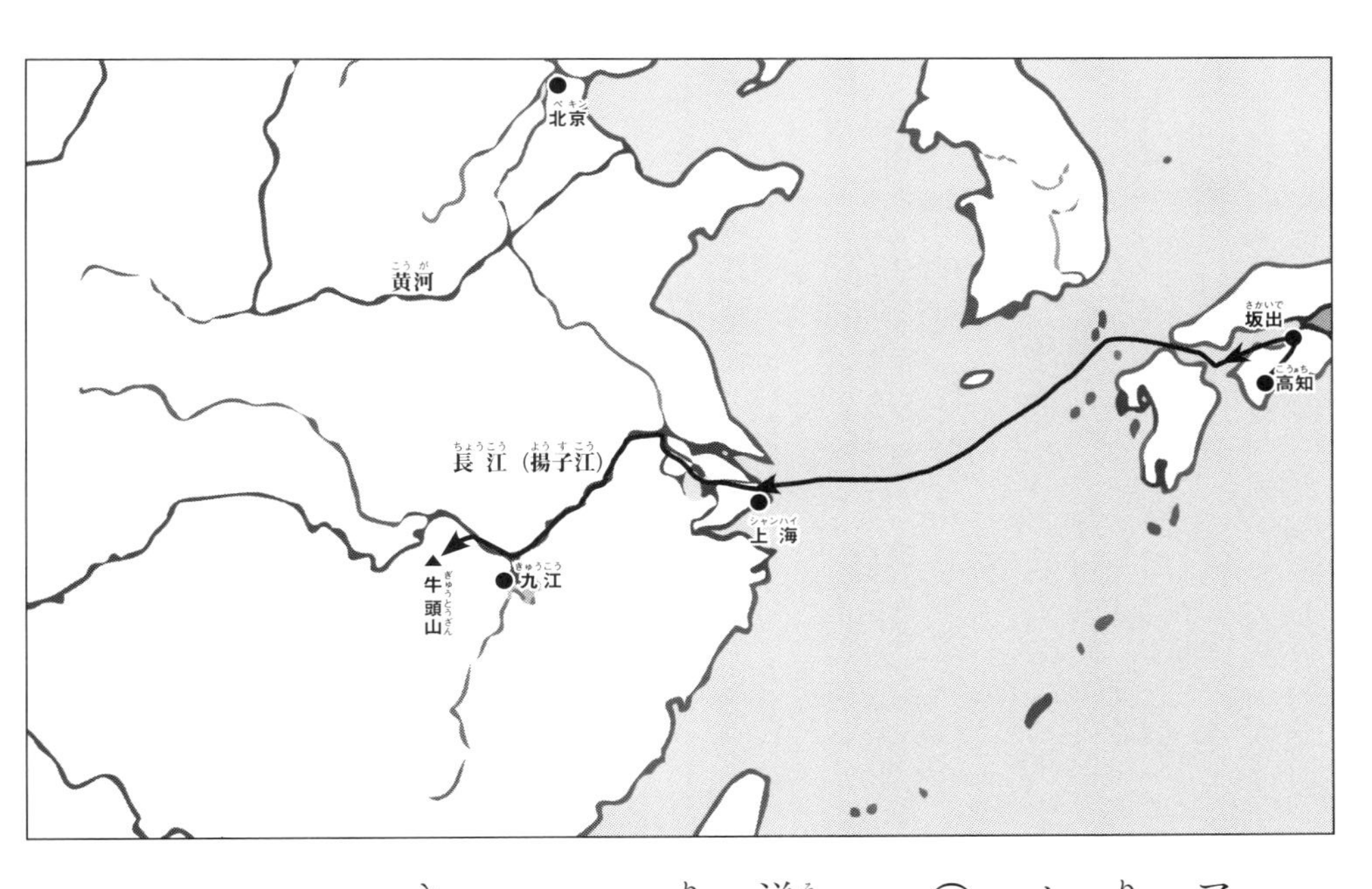

アジアで最長となり、世界では第三位になります。第一位はナイル川（六六九五キロメートル・アフリカ）、二位はアマゾン川（六五一六キロメートル・南アメリカ）です。

くじら部隊は上海の埠頭から出発する輸送船に乗り込み、長江を約七日間かけて上り、牛頭山を目指しました。

成岡さんはそこで、一生の友ともいうべき、一匹の動物と出会うことになるのです。

第1章　牛頭山　子ヒョウとの出会い

昭和十四年十月、小隊長の成岡さんが率いる小隊は、採掘量が豊富な大冶鉄山の鉱石搬出港の石灰ようという場所にたどり着きました。

港から南へ約三〇キロメートル離れた、白沙舗という小さな田舎町は、農民たちが牛を飼ったり、田畑を耕すなどつつましい生活をしていました。その周辺に兵舎を建て、住み込んで生活しはじめた成岡さんたち隊員の主な任務は、日本軍が道を移動するときに敵の襲撃から守る役目と、銅山である牛頭山を敵に奪われないよう警備することでした。

昭和十六（一九四一）年二月のある日のこと、兵舎で銃や軍用馬の手入れ

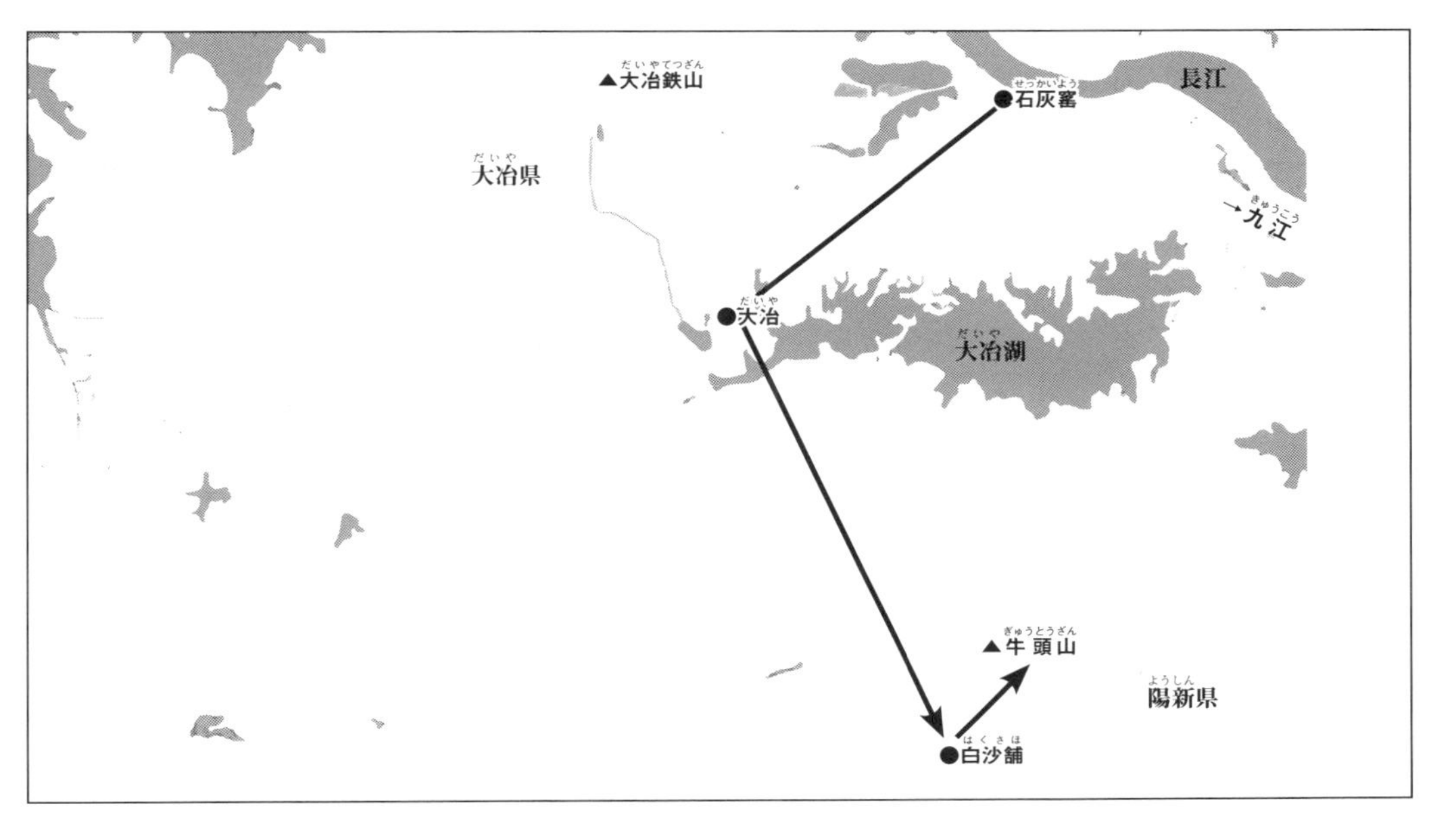

や準備をしていた隊員たちの元に、中国人の農民たちが今にも泣きそうな顔をして駆け寄ってきたのです。

「おい、どうしたのだ？」

隊員が気づいて大声を出すと、ほかの隊員たちがぞろぞろと集まり出しました。

「どうした、どうした」

騒ぎに気づいた成岡さんが姿をあらわすと、農民が一番偉い人だと気づき、近づいてきました。

「日本の兵隊さん、どうか私たち農民の生活を守ってください」

ハチのまめちしき［軍用馬］

戦場で使うために特別な訓練を受けた軍用の馬のこと。
騎乗戦闘はもちろん、偵察、かく乱、弾薬や食糧などの戦闘物資を運ぶ馬もふくまれます。

農民の顔は真っ青で、胸元で両手を合わせつつ、震える声をしぼり出していました。

「どうしたんだ。いったいなにがあったのだ。話してみなさい」

成岡さんは、やせ細った農民のおびえる目をあたたかな眼差しで見つめ、やさしく声をかけました。

「実は、牛頭山にいる野生のヒョウが人間を襲ってくるのです。しかも子どもまでがさらわれています。私たちはおそろしくて毎夜、眠ることもできません」

たちまち農民の顔はくしゃくしゃになり、涙をぽろぽろと流しました。

ヒョウに襲われた子どものことを話す農民夫婦もいました。

「二歳の子どもを寝かしつけて裏の畑で作業していると、家の中からけたたましい泣き声が聞こえてきたのであわてて家に戻りますと、玄関の戸口からパッと大きなヒョウが飛び出してきたのです。ヒョウはなにか口にくわえて、あっという間に茂みの中へ消えました。私たちは部屋に入って我が子を探しましたが姿かたちもありません。すると布団に真っ赤な血がべったりついていたのです」

と夫婦は泣き出しました。

農民たちから、牛頭山には人間より大きなヒョウが全部で四頭もいるという話を聞かされた成岡さんは、一瞬黙った後、口を開きました。

「それは本当の話なのか。野生の大きなヒョウがあの牛頭山におるというのか。麓の村まで降りてきて、子どもがさらわれていたとは知らなかった。それはつらく悲しかったであろう。わかった。私たちがヒョウを退治に行こうではないか」

成岡さんの勇気ある言葉を聞くと、農民はなんども頭を下げました。

「ありがとうございます、どうかよろしくお願いいたします」

農民の話を聞いていた隊員たちは本当に事実なのか、まだ半信半疑でした。

「人間より大きなヒョウなんて、本当におるのだろうか・・・」

隊員たちはお互いに目を合わせると、ゴクリとつばを飲み込み、一瞬静まり返りました。


牛頭山は、麓からながめると、まるで牛一頭の体の形に似ていることから、そういわれるようになりました。中国随一の銅山として四五〇年の歴史があり、宋の時代のはじめに銅の原石の掘り出しがはじまったそうです。

山の頂きから麓に吹き下ろす風は頬を刺すような痛みが走るほどの冷たさでしたが、日本軍が攻め落とした牛頭山は、日本軍にとっても銅という大事な物資の確保場所となり、一九四〇年ごろから日本人技師を派遣して銅の採掘調査をしていました。牛頭山の背後には石灰石におおわれた高い山々がつ

ハチのまめちしき［宋の時代］

中国の王朝の一つ（960年–1279年）。1127年に満洲人王朝の金に領土の北半分を奪われ、首都を臨安に遷しますが、それ以前を北宋、以降を南宋といいます。モンゴル人王朝の元に滅ぼされるまで、319年続きました。日本でいうと、平安時代中期～鎌倉時代中期にあたります。

らなっており、野生のヒョウ、シカ、イノシシ、ウサギなどが生息していました。そのヒョウが、麓の農村まで降りてきて牛や人間を襲っていたのです。

農民からヒョウの存在を聞いた成岡さんは決断を下しました。

「これから私といっしょにヒョウ退治に行くものはおるか。ただし、命の保証はないぞ。無理にとは言わん」

成岡さんが部下の隊員たちの顔を見回しながら大声で呼びかけました。その言葉に全員が手を上げて大声で返事をしたのです。

「小隊長、私もいっしょにいきます」

「私もヒョウ退治に行かせてください」

「私も」

「農民や日本人技師を守りましょう」

「人間より大きなヒョウを倒そうじゃないか」

部下たちの力強い声を聞いた成岡さんは、うん、うんと笑顔でうなずきました。

「そうか、ありがとう、みんなで農民を助けちゃうやないか。大虎ならぬ大きなヒョウを退治しにいくぞ」

「オーッ」

隊員たちは一斉に握り拳を空に向かって突き上げました。

成岡さんは志願してくれた多くの隊員から三名を選びました。

いずれも戦線において名射手で知られ、高知県にいたころからイノシシ、シカ、クマ撃ちが得意で、動物の狩猟にかけてはベテランばかりでした。

成岡さんと隊員三名らは肩から銃と双眼鏡を下げ、地図と食糧をリュックに詰めてトラックに乗って兵舎を出発しました。小さな集落の水田地帯を通り抜けて、山バラにおおわれた岩山の曲がりくねった登り坂の砂利道をしばらく歩きました。

ようやく牛頭山の麓に到着すると、小さなテントを立てました。テントで装備を整え、ふたたび出発した成岡さんと隊員たちが、山の中腹あたりをよじ登っていたときでした。

「助けてくれーっ」

成岡さんの頭上の方角から声が聞こえてきました。見上げると、若い男性が叫びながら山道を転がるように走り降りてきたのです。顔が真っ青の男性は、岩山に密生した山バラのトゲに引っかかったのか、着ていたシャツやズボンのところどころが破けたり穴が空いて、そこから真っ赤な血がにじんでいました。

「どうかしましたか？」

男性の異変に気づいた成岡さんがすぐさま声をかけて、問いただしました。

その男性は日系人が経営する鉱山発掘会社の依頼により、銅山の残量調査の試掘のために牛頭山に来ていた技師だったのです。目はキョロキョロ、唇は紫色になり、歯はガタガタと音を立てて、体中がブルブルと震えていました。隊員が飲み物を与えたあと、しばらくして、ようやく男性技師は重い口を開きました。

「私は今朝、一人で牛頭山の七合目あたりまで登り、山バラでおおわれた岩盤を掘るための準備をしていたときでした。後ろから誰かにじっとにらまれているような、いやな感じがしたのです」

成岡さんと部下たちは黙ったまま、男性技師の話に耳を傾けていました。

「振り向くと、十数メートルほど離れた岩かげに一頭の大きなヒョウを発見しました。それは見たこともない大きさで三メートルほどはあったかもしれません。私はあまりの怖さに持っていた拳銃のことなども忘れてしまい、一目散に山を降りて逃げてきたのです」

　男性技師はフーッと大きな息を一つ吐きました。

「そこまで大きなヒョウがおったとは。やはり、農民の言葉は真実だったのだな」

　成岡さんは腕を組み、目を閉じて何か考えている様子でした。

「成岡小隊長、三メートルのヒョウなんて、本当にいるのですか」

　隊員たちは驚きながらもまだ信じられないといった様子でした。

「仕留めることは難しいぞ」

「しかし、我々が退治せんといかんな」

　男性技師の話を聞いた隊員たちは、それぞれの思いを口に出していました。

〝美しい斑紋の忍者〟とも称されるヒョウは、英名で『レパード(leopard)』『パンサー（panther）』と呼ばれ、分類はネコ目（食肉目）、ネコ科、ヒョウ属です。

体長は頭から尻尾の付け根まで、約九〇〜一九〇センチ、体重は三〇〜九〇キログラム。オスはメスに比べて大きく、尻尾は体長の半分以上もあるといわれています。世界中の野生のネコ科の中でも寒帯のシベリアから西アジアの乾燥地帯、東南アジアのジャングルに中近東地域、そしてアフリカのサバンナや熱帯雨林までと最も広い地域に棲み、低地から標高五〇〇〇メートル級の高山まで生息しています。

広く分布しているとはいえ、ヒョウが好んで棲み、隠れる地域はやぶや岩穴が多く、木登りが得意で、捕まえた獲物は安全な木の上へ運び上げて食べることもあります。同じヒョウ属のトラやライオンに比べると、体が小さく力は弱いのですが、ヒョウの毛皮の斑紋は茂みに姿をくらませるので獲物を襲うには効果的で、とても優秀なハンターともいえます。

ヒョウの性格は、ライオン、トラ、オオカミ、クマなどの猛獣の中でも最も残忍性が強く、どう猛です。仲間同士で共食いもするし、人間でも倒して喰ってしまう、恐ろしい肉食動物です。

動物園でも飼うのが難しく、なかなか見ることのできない貴重な存在です。

成岡さんと部下の隊員たちは、血だらけでおびえている男性技師の姿を目の前にして、あらためて気持ちを引き締めると、銃を構えて人喰いヒョウを仕留めに山へ入りました。牛頭山は標高一〇〇メートルほどの低山でしたが山全体が岩だらけで、岩のくぼみのすき間から大きな山バラが密生しています。山は急斜面のため四つん這いで登らないと前に進めないところもありました。しかも山バラの枝はまるで漁網のように縦横にグングンと伸びて山全体をおおっていたのです。頂上近くになるにつれて密生する山バラや草木が生い茂り、歩くにも体がからまってしまい、草木とトゲがじゃまをしてなかなか前に進むことができませんでした。

成岡さんを先頭に隊員たちは銃を構え、靴の裏についている鋲が足元の岩山をガリガリと削る音を立てながら、お互い手を取り合い、ようやく牛頭山中腹となる五合目にたどり着きました。息が白くなるほどの凍える寒さでしたが、みんなの額にはたま粒の汗がキラキラと光っています。みんなは銃を握る指先と足のつま先にジンジンと痛みを感じていました。

「小隊長、ここを見てください。これは、ヒョウの足あとではありませんか」

部下の一人が足元の土の上に浮かんだくぼみを見つけました。

「うむ、これはヒョウの足あとに間違いない」

桜紋の形が点々とついていました。その足あとをゆっくりたどっていくと、シカの白い骨やキジの羽が散らばり、次々に鳥や小動物らしき骨が見つかるようになりました。

「間違いない。この動物たちの骨はヒョウが喰ったに違いない。きっと大きな奴がおるはずだ。みんな、油断をするんじゃないぞ」

隊員たちが銃を握りしめて、ジリジリと桜紋の形をした足あとの先を追っていきます。歩くたびに、大きな牛の頭や胴体の骨や人間の衣類と思われるボロボロになった布切れまで目に飛び込んできました。そのたびにみんなは「ゴクリ」とつばを飲み込みました。

ドクンドクンと胸が高鳴る音が聞こえてくるようでした。

誰もが口を閉ざし、耳を立てて、中腰の姿勢で足音を立てないよう進みます。

ゴツゴツした岩の間を手と足をかけてつたいます。肩から銃をつり下げ、用心しながら四方に目を配り、一歩一歩前へと進みます。山バラが足にまとわりついてしまい、思うように歩けなくなっていました。

すでに太陽は頭の真上にきて、まぶしいほどの光が隊員たちを照らしていました。一羽の鳥の鳴き声も聞こえず、あたりは物音一つしない世界に変わりました。

成岡さんがその場から眼下の大きな岩へ思い切って飛び移ったときでした。

〝ガーッ〟

突然、足元の岩の下あたりから地鳴りのような、うなり声が響き渡ったのです。

「おるぞ!」

思わず声を上げた隊員たちは一斉に銃を四方に向けて構えました。

「まだ近くにおるはずだ、決して気を抜いたらいかん」

成岡さんが静かに低い声で隊員たちに伝えました。

岩を歩くたびに足元の岩下から〝グルルル〟とうなり声が聞こえてきます。

「さあ、こい！」

みんなは両足を開いて踏ん張るようにおへその下に力を入れて、銃を構えます。

大きな岩の脇を見ると、オニカエデが密生している根元に深い空洞がぽっかりと口を開けていました。

「小隊長、これはヒョウの巣穴ではありませんか」

空洞は幅一メートル、深さ五メートルほどの自然にできたようなほら穴でした。昼間で明るいはずだというのに、穴の中は薄暗くてなにも見えません。

「うかつに穴へ飛び込んだら、ヒョウに襲われる可能性があるかもしれん」

じっと穴を見つめていた成岡さんが隊員たちに伝えます。

「枯れ草をかき集めて、火をつけて穴へ投げ入れてみるぞ」

一人の隊員が穴の入り口の見張り役となり、ほかの隊員は枯れ草をかき集め、火をつけた枯れ草をほら穴へ放り投げますが、すぐに消えてしまいました。

成岡さんは、隊員を頂上まで登らせました。

「ガソリンを運んでくれ」

頂上から隊員が牛頭山の麓の警備をしている別班の隊員に大声で叫びました。鉱山調査の別の男性技師がガソリン一升瓶と手榴弾一発を懐にしのばせて、息を切らせながら駆け上がって来ました。少量のガソリンを入り口付近にまき散らし、火がついた枯れ草を投げ入れるとたちまち赤と青の炎がパチパチ、ゴウゴウと音を立てて燃え、白い煙がモクモクと上がりました。

「さあ、出てこい！」

成岡さんと隊員三名は銃を入り口に向けて、ヒョウが飛び出てくるのを待ちますが、なにも動きがありません。

「奴はなんで姿を見せないんだ」

隊員のひとりが首を傾けていると、煙と炎の中から幼い子どものような鳴き声が聞こえてきたのです。

「おや、おかしいぞ。子猫のような鳴き声がせんか」

みんなは声がする方向に耳を立てます。

「あれは、もしかするとヒョウの赤ん坊の声やないか。これは助けないかん」

成岡さんはそう叫ぶと同時に口に拳銃をくわえて、数メートルほど岩をつたい降りて行きました。

「小隊長、入ってはいけません。まだ親のヒョウがおるかもしれません。危険です」

心配した隊員が大声を張り上げました。

成岡さんは煙がたちこめ、ぷすぷすと燃えている穴の中へ降り立つと、薄暗い岩穴の中は五畳ほどの広さで、枯れ草が敷き詰められていました。

〃うっ・・・〃

煙とともにプーンと猛獣特有の体臭が、成岡さんの鼻をつきました。

岩穴の中は真っ白く、岩穴の突き当たりに二つの抜け穴道があり、かすかに頬のあたりに風があたっているのを感じました。

「抜け穴か・・・」

煙の中、成岡さんは岩穴の中を手探りしながらゆっくりと歩いていると、足元の岩場のかげに尻込みしている子どものヒョウ二匹を発見しました。

「小隊長が出てこんぞ、ヒョウはどうしたんだろう」

岩場の上で部下たちが心配していると、顔から軍服まで炭で真っ黒になった成岡さんが両手に赤ちゃんヒョウ二匹抱えて這い上がってきました。

「ゴホン、ゴホン」

煙で胸が苦しく咳き込んだ成岡さんでしたが、笑顔を浮かべていました。

「親ヒョウは別の抜け道で逃げていったようだ。巣穴に残っていたのは、この二匹の子ヒョウやった」

成岡さんの太い腕の中で、子ヒョウは〝ブーブー〟と鳴いていました。

「まだ生まれてから二〇日ぐらいやろう。親ヒョウがもどらなければ、このままやったら自分で食べ物をよう見つけんき、死んでしまうぞ」

数時間、親ヒョウがあらわれるかと思い、四人は待っていましたが、ついに姿を見せることはありませんでした。

「では、この子ヒョウを兵舎に連れて帰ろう」

成岡さんは二匹のうち、元気なメスの子ヒョウは牛頭山の銅山を調査する技師たちに預けました。小さな体をブルブル震わせているもう一匹は、右の首筋にやけどを負ったオスでした。この子ヒョウを成岡さんは自分の防寒用のオーバーコートにやさしく包み込んであげました。

この日は、農民たちを苦しめた大きなヒョウを退治することはできませんでしたが、成岡さんと隊員たちがトラックに乗り込むと、隊員たちは子ヒョウをのぞき込んでニコニコしていました。

成岡さんだけは厳しい顔で、なにか考えている様子でした。心の中は、

〃『君子、豹変す』という言葉がある。果たして、この子ヒョウが大きくなったらどうなるだろうか。そして、わが日本軍上層部の方々は、子ヒョウを兵舎で飼うことを許してくださるのだろうか〃

子ヒョウを見つけて抱いたときのうれしさはいつの間にか消えてしまい、不安だけが胸の中で大きく膨らんでいったのです。

兵舎へ向かうでこぼこの道を揺られるトラックの車内、子ヒョウは成岡さんの太い腕の中でスースーと小さな寝息を立てて、夢の中でした。

ハチのまめちしき［君子、豹変す］

中国のことわざ。豹の毛が季節によって抜けかわり、斑紋がはっきりと目立つことから、元は「君子＝立派な人」は間違いに気づけばすぐに改めるという意味でしたが、近年は状況によって態度や立場を変えるという悪い意味に使われることが多いようです。

ハチのまめちしきDX

［ヒョウとチーターとジャガーの違い］

この物語の主役、ハチはヒョウですが、おなじ斑紋（斑点模様）がある動物がほかにもいて、それが、チーターとジャガーです。見分け方や、違いはあるのでしょうか？

ヒョウ【ネコ目（食肉目）・ネコ科・ヒョウ属】

P19にも書かれていますが、体長は90～190cm、体重30～90kg。ヒョウがいる生息域はネコ科の野生動物の中では一番。さらに木登り名人です。

斑紋は、中心がオレンジ色っぽくなっているのが特徴で、梅の花に見えることから、梅花紋とも呼ばれています。

チーター 【ネコ目（食肉目）・ネコ科・チーター属】

気づいたでしょうか？　よく似ていますが、ヒョウ属とは違いチーター属に分けられています。

生物学的に、違う生き物です。

アフリカのサバンナに多くいます。

体長は110～150cm、体重35～70kgほどで、ヒョウと比べると小柄なのが特徴です。目から口の周りにかけて、黒い筋が入っているのも見分けるポイント。斑紋は黒い斑紋がほとんどなので、梅花紋とは違います。

チーターは体の身軽さを活かし、とにかく足が速い動物です。獲物を追いかけるときの速さは、時速100kmくらい出るそうですが、スタミナがなくすぐにバテてしまいます。

ジャガー 【ネコ目（食肉目）・ネコ科・ヒョウ属】

外国の車名にもなっているジャガー。こちらはヒョウ属なので、ハチに近い動物です。ヒョウ属には、ほかにライオンやトラも入っていて、あまり見た目は似ていないけどハチの仲間です。

中南米、とくにアマゾン川流域に生息しています。

体長は120～180cm、体重60～130kgで、ライオン、トラの次に体格が大きいのがジャガーです。また、体に比べて頭が大きく、あごでかみ砕く力がとても強く、カメのこうらも割ることができたり、ワニも食べてしまうそうです。

見分け方は、体の大きさと、ヒョウに比べて尻尾が短いのが特徴。

ヒョウとおなじ梅花紋がありますが、オレンジ色の中にさらに黒い点があります。

第2章　命名『ハチ』

成岡小隊長と部下三名と子ヒョウを乗せたトラックが兵舎に到着するや、大勢の隊員たちは待ちかねていたかのように集まり出し、あっという間にトラックを取り囲みました。

「小隊長どの、お疲れさまでした」

「子ヒョウを捕まえてきたそうですね」

「どれどれ、かわいい子ヒョウの顔を見せてください」

隊員たちの弾む声と笑顔が、子ヒョウを出迎えました。

当時、この兵舎には戦地で疲れている兵隊たちの心をなごませるために、タヌキやアナグマなどの小動物が小屋の金網の中で飼育されていました。

しかし、タヌキたちは夜行性の動物なので昼間に寝ていて動かず、夜になると小屋から逃げ出そうとしているだけでした。もちろん隊員たちにとって小動物はかわいい存在だけれど、愛らしいところがなく、なんのために飼っているのかわからなくなっていました。そこにかわいい子ヒョウが登場したので、隊員たちがはしゃぐのも無理はありません。

「さあ、子ヒョウよ、着いたぞ」

成岡さんが子ヒョウを包んでいた自分のオーバーコートをほどくと、

「うっ、なんだ、このにおいは・・・」

子ヒョウのそばにいた隊員が思わず鼻をつまみました。

成岡さんがそっと子ヒョウの首筋をつまんで持ち上げると、自分のコートに黄色いフンがべっとりついていたのです。

「しもうた、やられた」

成岡さんの太くてりっぱなまゆげと大きな口がへの字になった表情を見ていた隊員たちが一斉に笑い声をあげました。

「屈強な小隊長でも子ヒョウにはかないませんか、わはは」

「ばかもん、上官をてがうな（からかうな）」

子ヒョウのキラキラ光る灰色の瞳と向かい合った成岡さんはほほえみ、やさしい瞳で見つめていました。

成岡さんは子ヒョウを抱いて自分の部屋にもどりますが、子ヒョウを一目見たい隊員たちが波のように押し寄せてきました。隊員の中には物置小屋からわらを敷いた木箱を持ってきていました。

「小隊長、子ヒョウの寝床を確保しました。どうぞ、お使いください」

隊員の目尻が下がり、口元がゆるみ、もう子ヒョウに釘付けです。

「おいおい、もうこいつのことがかわゆうて、たまらんようになったのか」

成岡さんは腕の中で子猫のように丸くなってスヤスヤ眠っていた子ヒョウを木箱に移しますが、うっすらと目を開けた子ヒョウが、小さな前あしを木箱にかけて立ち上がり、這い上がろうとしたのです。

〝ギャオギャオ〟とドラの音のような叫び声をあげて、だだをこねはじめました。

「おやおや、まいったな。きっと人間のあったかい肌が心地よかったのかもしれませんね」

隊員たちは見かねて木箱から子ヒョウをヒョイと持ち上げると、順番に抱いたり、自分たちの膝の上に子ヒョウを乗せて、小さな毛並みを頭から背中までやさしくなでてあげていると、子ヒョウは目を閉じて体を丸くしました。しばらく隊員たちは、この小さな天使の寝顔をながめていました。

隊員たちが食堂で夕食を終えたあと、子ヒョウがムクッと起き上がり、またも〝ギャオギャオ〟と鳴きはじめました。

「お腹がへったのかもしれん。食う物をなんにもやってなかったき」

しかし、子ヒョウの口にはまだ一本も歯が生えていません。食べ物を与えたとしてもかむこともできないので、成岡さんが隊員たちに声をかけました。

「すまんが、だれか、子ヒョウのために牛乳でももろうてきてくれんか」

「はい、かしこまりました」

二人の隊員が駆け足で食堂へ向かい、牛乳が入った食器を両手で抱え、そろりそろりとすり足でもどってきました。

「よし、飲んでみいや」

子ヒョウは牛乳が入った食器に小さな顔を近づけ、フンフンと鼻を鳴らしますが、プイッとそっぽを向いてしまい、まったく飲もうとしません。

明くる日も、またその明くる日も、子ヒョウは〝ギャオギャオ〟と鳴き続けるだけです。子ヒョウの小さな体がさらに細くなり、動きがにぶくなってきました。

「こまったぞ、どうしたらええいろう。このままでは子ヒョウが死んでしまう」

腕組みをしながら成岡さんが隊員たちの食事の準備をしている炊事場を通りかかったときでした。

料理を担当する隊員が朝食用の豚肉を包丁で細かく切っているのを見て、成岡さんはふと思いつきました。

「そうか、これかもしれん」

豚肉の脂が少ない赤身の肉の部分だけを少量分けてもらい、部屋で鳴いている子ヒョウに差し出しました。

「ほれっ、肉を食べや。食べんと死んでしまうぞ」

〝ギャオギャオ〟と叫んでいた子ヒョウが目の前に出された肉のかたまり

を見た瞬間、これまで聞いたこともない、〝グォー〟という得体の知れない、低いうなり声をあげて、たちまち肉のかたまりに喰いついたのです。

「あっ、これで、こいつは育つぞ。うれしいのう」

子ヒョウはビー玉のようなキラキラした目で、成岡さんの目を見つめます。

「わかった、わかった、もっと食べたいか。ちょっと待っちょりや」

三日間、子ヒョウが牛乳も飲まずにいた姿を心配していた成岡さんは、思わず小躍りするほどうれしくてたまりませんでした。

お皿を持ち、ふたたび炊事場へ走り出しました。

「しっかり食べや、食べて元気になりよ」

鼻先に差し出すと、子ヒョウは低いうなり声を上げてむしゃぶりつきますが、どうしたことか、自分の前あしを口の中に入れようともがきはじめたのです。

「おいっ、どうした。あっ、そうか、しもうた」

成岡さんはすぐさま自分の指を子ヒョウの小さな口の中に入れて、小さな肉のかたまりを取り出しました。

〝ゲホッ、オエッ〟

子ヒョウは咳き込み苦しそうにしていましたが、間もなく呼吸も静まりました。まだ歯も生えていなかったのに、うっかり肉のかたまりを飲み込んでしまったのです。この日から子ヒョウの食事は一日三回、ハサミで肉を小さく刻んだり、隊員たちが口の中で肉をかんでやわらかくしたりして、与えることになりました。成岡さんの留守中は、隊員らがかわるがわる部屋の中で放し飼いの子ヒョウの遊び相手をしながら食事を与えて楽しんでいました。

「この子ヒョウはかわゆうてたまらん。マスコットやのう」

成岡さんや隊員たちにとっても子ヒョウは心をなごませてくれる、やさしい気持ちにさせてくれる欠かせない存在になっていました。

子ヒョウが兵舎で暮らしはじめて一ヶ月が経ち、無邪気にじゃれ回る姿はまるで子犬や子猫と同じようでした。

毎夜、子ヒョウの寝場所は成岡さんと同じ部屋でした。布団の中に入れていっしょに寝ようとさせますが、子ヒョウはザラザラした猫舌で成岡さんの顔をなめ回し、すぐに布団から飛び出してしまいます。子ヒョウは成岡さんが布団の上で大の字で寝ていると、静かにそばに寄ってきては成岡さんの太い首や腕に自分のあごを乗せて寝息を立てるのです。

〝グーグー〟

「なんだ、なんの音やろう」

成岡さんの耳元で、なにか大きな音が聞こえてきました。

「おいおい、こいつはいびきをかきゆうぞ」

ハチのまめちしき［ザラザラの猫舌］

ネコ科の舌には、「糸状乳頭」と呼ばれるトゲのようなものがたくさん生えています。このトゲがあることによって、獲物の骨から肉をきれいになめ取ることができます。また、クシのような役割があり毛づくろいすることもできるようになっています。

ヒョウがいびきをかくことを初めて知った成岡さんは、

〝起こすのもかわいそうだが、動かないでいるのもつらいな。でもこの子ヒョウは私のことを母親だと思っているのかもしれないな・・・〟

成岡さんは思わず子ヒョウの気持ちをくみとって、じっと動かないで、子ヒョウの枕がわりになってあげていました。

月日が経つにつれて、成岡さんが率いる小隊が戦地の警備の任務を終えて兵舎に戻ると、足音に気づいた子ヒョウは部屋から飛び出して一目散に走り寄り、成岡さんの顔をザラザラの猫舌でなめて、足元をぐるぐる回ったり、飛び跳ねたりして、飼い主の帰りを待ちわびる子犬のようになりました。

ある日のことです。

「小隊長、もう一ヶ月も経つのに、子ヒョウの名前がありません。名前がないとかわいそうであります」

隊員の一人が子ヒョウの頭をなでながら話しかけました。

「たしかにそうだな。こいつに名前をつけるか。だれか、おもしろくてかわいい名前が浮かんだ者はおらんか」

成岡さんは隊員らに声をかけました。

隊員からいくつものおもしろい名前があがりましたが、どれもしっくりこなかった中、いいアイデアが浮かんだ隊員が発言しました。

「私たちが所属する部隊は、第八中隊ですから、『八』の文字をとって、〃ハチ〃という名前はいかがですか」

「そうか、呼びやすいのう」

隊員たちが話すと、

「ハチ・・・、うん、えい名前やのう」

成岡さんもアゴに手をあてながら、子ヒョウを見つめました。

「よし、決めた。子ヒョウの名前は、〝ハチ〟に決定だ」

名前が決まると、隊員たちが一斉に叫びました。

「ハチ、こっちへ来いや」

「ハチよ、名前がついてよかったな」

みんなから〝ハチ〟と呼ばれた子ヒョウでしたが、首をななめに傾けて、キョトンとしていました。


兵舎の広場では首輪も鎖もつけず放し飼いにしていたので、木にスルスルと登ったり、駆けずり回って遊んでいました。ときには作業中の隊員たちの背中に飛び乗って驚かしたり、炊事場で働く隊員たちのじゃまをしたりと、いたずらをするようになりました。

「こらっ、ハチ、ええかげんにせえ」

隊員たちから叱られてもプイッとそっぽを向いて、わがもの顔で兵舎内や庭をのっそりと歩いていました。

しかし、ハチには苦手なこともありました。

ある日、別の戦地の兵舎から訪ねてきた隊員たちが乗ったトラックが到着すると、広場をはしゃぐように駆け回っていたハチの足がピタリと止まりました。

ブルルルン、トラックのエンジン音を聞いた瞬間でした。ハチがいきなり体を低くするやロケットのごとく、ビュンと走り出すと成岡さんの部屋に逃げるよう去っていったのです。

「どうした、ハチ」

部屋のすみっこにいたハチは、ブルブルと体を震わせて小さく丸くなっていました。

外のトラックのエンジンが止まると、ハチはむくっと起き上がり、部屋の窓に前あしをかけて立ち上がり、外の様子をうかがっていました。

またエンジンがかかると、ビクッとしたハチが走り出して部屋のすみっこで丸くなっていました。

「おやおや、ハチはトラックのエンジン音が苦手ながか。不思議やのう。おまえにも怖いものがあったがか、ははは」

成岡さんはハチが子猫のように丸くなって怖がっている姿をさらに愛おしく感じていました。ハチは、〝ハチ公〟とも呼ばれるなど、成岡さんをはじめ隊員たちとも仲良くなり、みんなから愛される存在になっていました。

昭和十六年春。

兵舎のまわりの草木の葉が緑色にかわり、芽吹きはじめたころ、小川の岸辺は黄色の花びらがつく油菜花があたり一面に広がっています。

日本から女性の舞踊家たちの一団が、戦地の隊員たちを励ますため中国入りして各兵舎を回っていました。成岡さんをはじめ、隊員たちとハチが生活をしている兵舎にも、男性の団長とリーダーを務める宮操子先生が引率する十数名の若くて美しいお弟子さんたち舞踊団一行がバスで訪れました。宮先生は日本でも有名な舞踊家で、ドイツに留学して踊りを学んでいました。

隊員たちは舞踊団のために、急いで手作りの舞台を用意しました。彩り豊かな衣装を身につけたお弟子さんたちは、流れる音楽とともに踊ります。その姿に隊員たちも笑顔を浮かべ、総立ちになって大きな拍手と歓声をあげました。

ところがその夜、舞踊団の中心となって踊っていた宮先生が、四〇度の高熱を出し、寝込んでしまったのです。

〃せっかく我々のためにお越しいただいたのに、きっと各地を回って疲れてしまわれたのだろう。なにかお役に立てることはないだろうか・・・〃

成岡さんは宮先生に心の底からもうしわけないという気持ちでいっぱいでした。

数日後のことです。

「宮先生、成岡小隊長がお見舞いにきてくださいました」

宮先生は、看病をしていたお弟子さんの表情がちょっぴりかたいことに気づきました。

「どうしたの」

宮先生がお弟子さんにたずねます。

「あのぉ、ヒョウがいっしょなんです。まだ赤ちゃんですけれど、先生の遊び相手(あいて)に、っておっしゃるんです」

「まあ、私(わたし)の遊び相手にヒョウを。じゃあ、ヒョウの赤ちゃんを抱けるのね」

宮先生の顔がほっこりしました。

背(せ)が高く、がっしりした体つきの成岡さんの太い腕に抱かれていたヒョウのハチはまるでぬいぐるみのように見えました。

〝なんてかわいいんだろう。美しい毛並(けな)み、七色にキラキラと変(か)わる目の色は宝石(ほうせき)のように輝(かがや)いているみたい〟

体が弱くなっているにもかかわらず、宮先生は布団から起(お)き出しました。

成岡さんは宮先生の喜(よろこ)ぶ姿を見て、目を細めていました。

「先生は動物好(ず)きのようですね。それならよかった。実(じつ)はコイツといっしょに寝ればたいくつしないんじゃないかと思って連れて来たんですよ」

高熱にうなされて苦しむ宮先生を少しでもなぐさめるために、成岡さんが思いついて出た行動は、ハチをそばに置くことだったのです。

「宮先生、ハチは誰とでもすぐに友だちになりますから」

成岡さんはハチを部屋に放すと、ハチはキラキラ光る瞳で宮先生を見つめていました。

「ハチっていうのね。この子」

枕元にちょこんと座るハチの顔を見た宮先生は頭をなでました。お弟子さんたちもはじめはハチを怖がっていましたが、数日間いっしょに過ごしていると、すっかり仲良しになりました。紙を丸めて投げるとハチは子犬のように尻尾を振って追いかけるので、その姿を見て、キャッキャッとはしゃぐ笑い声が響きました。食事も遊ぶときも寝るときもいっしょ。走ったり、反応する機敏さは野性のヒョウを思わせましたが、スヤスヤと寝息を立てている姿は子猫のように見えました。

ハチといっしょに過ごしていた宮先生は、一週間後、病気もすっかり治り、元気を取りもどしましたが、〝これでハチとはお別れね〟と思うと胸が痛くなりました。

次の日本軍の兵舎へ向かう荷造りの準備をしながら、宮先生はハチのそばに寄り添っていました。

「ハチ、ありがとう。あなたがそばにいてくれたから元気になったのよ」

ハチのクリクリした瞳を見つめて、クスッと笑う宮先生の目には、うっすらと涙が浮かんでいました。

「宮先生、元気になられてなによりです。ハチはちゃんと看病しておりましたか」

成岡さんの声に反応したハチは、すぐさまパッと肩に飛び移ると、ザラザラの猫舌で顔中をなめ回し、はなれようとしませんでした。

「ハチったら私より成岡さんのほうがいいのね。おかげさまで元気になりました。こんな素敵な思い出は一生忘れることはないでしょう。成岡さんのお心遣いに感謝します」

宮先生と舞踊団一行は人員輸送用のトラックに乗り込むと、次の場所へと向かったのです。トラックが小さくなるまで隊員たちと見送るハチの首には、踊り子のお弟子さんたちから贈られた花模様のハンカチが巻かれていました。

〝また、会おうね。ハチ〟

宮先生は、ハチとの再会を祈っていました。

ハチのまめちしきDXその2

［日本軍の組織表］

第40師団（鯨部隊）

歩兵第234連隊（丸亀）

- 歩兵砲中隊（ほへいほうちゅうたい）
- 通信中隊（つうしんちゅうたい）
- 乗馬小隊（じょうばしょうたい）
- 行李弾薬班（こうりだんやくはん）
- 第1大隊
  - 第1中隊――第1小隊、第2小隊、第3小隊…
  - 第2中隊――第1小隊、第2小隊、第3小隊…
  - 第3中隊――第1小隊、第2小隊、第3小隊…
  - 第4中隊――第1小隊、第2小隊、第3小隊…
  - 第1機関銃中隊（きかんじゅうちゅうたい）
- 第2大隊
  - 第5中隊――第1小隊、第2小隊、第3小隊…
  - 第6中隊――第1小隊、第2小隊、第3小隊…
  - 第7中隊――第1小隊、第2小隊、第3小隊…
  - 第8中隊――第1小隊、第2小隊、第3小隊…
  - 第2機関銃中隊
- 第3大隊
  - 第9中隊――第1小隊、第2小隊、第3小隊…
  - 第10中隊――第1小隊、第2小隊、第3小隊…
  - 第11中隊――第1小隊、第2小隊、第3小隊…
  - 第12中隊――第1小隊、第2小隊、第3小隊…
  - 第3機関銃中隊

歩兵第235連隊（徳島）

- 歩兵砲中隊
- 通信中隊
- 乗馬小隊
- 行李弾薬班
- 第1大隊
  - 第1中隊――第1小隊、第2小隊、第3小隊…
  - 第2中隊――第1小隊、第2小隊、第3小隊…
  - 第3中隊――第1小隊、第2小隊、第3小隊…
  - 第4中隊――第1小隊、第2小隊、第3小隊…
  - 第1機関銃中隊
- 第2大隊
  - 第5中隊――第1小隊、第2小隊、第3小隊…
  - 第6中隊――第1小隊、第2小隊、第3小隊…
  - 第7中隊――第1小隊、第2小隊、第3小隊…
  - 第8中隊――第1小隊、第2小隊、第3小隊…
  - 第2機関銃中隊
- 第3大隊
  - 第9中隊――第1小隊、第2小隊、第3小隊…
  - 第10中隊――第1小隊、第2小隊、第3小隊…
  - 第11中隊――第1小隊、第2小隊、第3小隊…
  - 第12中隊――第1小隊、第2小隊、第3小隊…
  - 第3機関銃中隊

歩兵第236連隊（高知）

- 歩兵砲中隊
- 通信中隊
- 乗馬小隊
- 行李弾薬班
- 第1大隊
  - 第1中隊――第1小隊、第2小隊、第3小隊…
  - 第2中隊――第1小隊、第2小隊、第3小隊…
  - 第3中隊――第1小隊、第2小隊、第3小隊…
  - 第4中隊――第1小隊、第2小隊、第3小隊…
  - 第1機関銃中隊
- 第2大隊
  - 第5中隊――第1小隊、第2小隊、第3小隊…
  - 第6中隊――第1小隊、第2小隊、第3小隊…
  - 第7中隊――第1小隊、第2小隊、第3小隊…
  - **第8中隊**――第1小隊、第2小隊、**第3小隊**…（成岡正久小隊長）
  - 第2機関銃中隊
- 第3大隊
  - 第9中隊――第1小隊、第2小隊、第3小隊…
  - 第10中隊――第1小隊、第2小隊、第3小隊…
  - 第11中隊――第1小隊、第2小隊、第3小隊…
  - 第12中隊――第1小隊、第2小隊、第3小隊…
  - 第3機関銃中隊

このほか、工兵隊、輜重隊（兵器や食糧の管理、運搬）、通信隊、野戦病院、病馬廠（軍馬の管理）が所属していた。

第３章　ハチが決闘！

真っ青な大空にムクムクとわたがしみたいな入道雲、太陽がギラギラと照らす湖の水面はキラキラと輝いています。

「フーッ、今日も暑いな。おい、ハチ。これから我々の部隊は水中泳ぎの演習に出かけるが、どうする？　水浴びができるかもしれんぞ」

ハチは体長一メートル近くの大きさになりました。兵舎の庭の木の上で、うたた寝をしていたハチに、隊員の一人が弾んだ声で話しかけました。まぶたを開けたハチは、木の上からひらりと地面に飛び降り、隊員にゆっくりした足どりで歩み寄ると、長い尻尾の先っぽを小さく上下に動かしました。

「ハチ、いっしょに行くか」

成岡さんの声を聞いたハチの耳はピクピクと動き、顔を軍服になすりつけると、ゴロンと寝転びました。〝ゴロゴロ〟とどら声を鳴らし、仰向けになってお腹を見せはじめました。

「ハチは、小隊長どのをお母さんと思っておるのでしょうか。隊員たちとあまえ方がまったく違いますからね」

隊員らは大きな口を開けて笑っていました。

成岡さんをはじめ数名の隊員とハチが乗り込んだトラックは、長江近くの湖水方面へ向かいました。でこぼこ道に揺られたトラックが着いた先には、水が青く澄みきった小さな湖がいくつも広がっていました。

「まずは、周辺に敵の気配がないか、調べんといかん」

成岡さんが眉間にしわを寄せて隊員に命令をしました。

しばらくして安全の確保をした一行は、湖のほとりに集まると、

「よし、水中泳ぎの演習や」

成岡さんの声にすぐさま反応したのは隊員たちでした。

数名の隊員たちがドボーンと大きな水しぶきをあげて湖水に飛び込むと、自由形でスイスイと泳ぎはじめました。

「おい、ハチもこっちにこんか」

水の中で気持ちよさそうに泳ぐ隊員が手招きをしました。

岸辺で行ったり来たりしていたハチもその声にこたえるように、弾みをつけて勢いよく湖水に飛び込みました。

バシャーン、噴水のような波しぶきが立ち上がり、ハチは水面に顔をあげると、犬かきのようにスイスイと前へ進みはじめました。

「よし、ハチ公よ、競争するか」

隣で泳いでいる隊員がニコニコしながらハチに話しかけました。その隊員は学生時代、自由形短距離選手として記録を持つほどの強者で、泳ぎでは隊員の中でも敵なしでした。

「さて、ハチとどちらが速いろうか」

成岡さんが関心を抱いていました。

「やっぱり、水泳選手の私に決まっちゅうじゃないですか」

水面に顔を出している隊員が大声でこたえている中、ハチもぐるぐると回って泳いでいます。隊員たちが岸辺に上がり、ワイワイガヤガヤと騒ぎ出します。

「よーい、どん」

隊員の合図とともに泳ぎが得意な隊員が自由形でスピードに乗ってスイスイと泳ぎはじめると、ハチはあわてて隊員のうしろから犬かきならぬヒョウかきで追いかけました。

「おっ、ハチが追いかけたぞ」

隊員たちが笑いながら応援しています。

水面にひょっこりと顔だけを出して、バシャバシャと音を立てていたハチを笑いながら見ていた隊員たちでしたが、次の瞬間にはポカーンと口を開けていました。ハチにあっという間に追いつかれてしまったからです。

「ハチ、がんばれ」

「おいっ、もっと速ように泳がんとヒョウに負けてしまうぞ、わはは」

隊員たちが応援合戦する中、ハチが隊員を追い抜き、そのままゴール。

「すごい、ハチが勝ったぞ」

ハチの泳ぎの速さに驚いた成岡さんと隊員たちは大きな口を開けて笑っていました。はしゃいでいた隊員全員が次々と湖水に飛び込みます。

「ハチ、今度は素もぐりで勝負や」

隊員たちは一斉に頭から湖水の底へ向かって体を沈めました。水面に顔を出してぐるぐる回りながら顔をキョロキョロと動かしていたハチは、けんめいに隊員たちを探しているようでした。

「おや、もしかしたらハチは、ようもぐらんがか」

成岡さんが気づきます。

「ハチにも弱点があったがですね」

隊員たちはハチに勝ったことを喜んでいました。

岸辺に上がったハチは水でびしょびしょに濡れた体で隊員たちに近づくと、ブルン、ブルンッと大きく体を揺さぶり、水しぶきを隊員たちに浴びせました。

「コラッ、ハチ！　やったな、コイツ」

成岡さんは、ハチと隊員たちがはしゃぐ光景をながめながらほほえんでいました。

数日後のことです。

日本軍の本部には、軍用犬班という特別な部隊が新設されていました。日夜、猛特訓が続けられた大型犬の中に〝錦号〟というオス犬がいました。本来、軍用犬は調教する飼い主に対しては絶対服従となり、必ずいうことを守るのですが、この錦号だけは飼い主でさえも寄せつけないほど気性が激しい猛犬でした。この軍用犬の指揮をとっている軍曹が、成岡さんの部屋を訪れたのです。

「成岡小隊長どの、うちの錦号とハチを戦わせてみませんか。錦号が強いと思いますがね」

そう言って軍曹は笑い声をあげました。なんて失礼な言葉遣いと相手を見下した態度でしょうか。しかし、成岡さんは冷静でした。

「錦号はおまえ個人で飼っておる犬なのか。ハチは私が個人で飼っておる

ハチのまめちしき［軍用犬］

犬は人間よりも目や鼻がきく動物で、その特徴を活かし敵がいないかを探したり、大型犬は戦いにも役立ちました。

東京にある靖国神社には、軍用犬を祀る軍犬慰霊像があります。ほかにも軍用馬や軍鳩（伝書鳩）の碑も建てられています。

ヒョウだが、軍用犬は軍のための大切な存在だ。もしものことがあったら責任は誰がとるがや」

成岡さんは厳しい口調で軍曹に問いただしました。

「ご心配は一切無用です。錦号はどんなことがあっても負けません。小隊長どのこそ、ハチが負けるのをおそれているのではないですか」

軍曹は聞く耳を持たないといったおどけたポーズを見せつけ、ニヤニヤしながらそう言いました。

「そうかわかった。どんなことがあっても、お互い一切泣き言、苦情はいわん。えいか、軍曹」

成岡さんは軍曹に念を押すように確認して、挑戦を引き受けたのです。

「さて困ったぞ、ハチよ。おまえは猛獣だが、動物相手に戦ったことなど見たことがない。まして相手は軍一番の猛犬や」

成岡さんはハチの頭をなでながら話しかけていました。ハチは成岡さんの目を見つめていました。

軍用犬とハチの決闘の日がやってきました。

場所は営庭の草原で、決闘を聞きつけた大勢の隊員たちが続々と集まる中、ハチと成岡さんがあらわれました。

「ハチよ、頼むき勝ってくれ。私は、お前の力を信じちゅうぞ」

ハチにとって動物と戦うことは初めてのことでした。もちろん、成岡さんもハチがヒョウという猛獣であっても、実際にハチが戦う姿を見たことがありません。ハチの顔を両手で包み、目を合わせて話しかける成岡さんの胸はドクンドクンと高鳴っていました。

ハチから数メートル離れた先に、軍曹が錦号を引き連れてあらわれました。

錦号の体長は一・七メートルほどで、太い首輪をして、立ちはだかっていました。口からよだれをだらだらと垂らし、いまにも襲いかかるほどの荒い息づかいをしていました。

ハチの体長は一メートルほどで、錦号の盛り上がった筋肉や体の大きさと比べると、隊員たちの誰もが子どもと大人くらいの違いがあると思いました。

「おい、ハチはまだ子どもやのに。本当にだいじょうぶやろうか」

ハチを心配そうに見守る隊員たちが、ヒソヒソと話をしていました。

軍曹が錦号の首輪から手綱をはずし、大声でうながします。

「かかれ、かかれ」

錦号の殺気を感じたハチは一瞬にして鋭い目つきにかわり、草むらにぴたりとお腹をつけました。体を低くして、いまにもジャンプする体勢を取りはじめたのです。

そのハチを見た錦号は一瞬動き出したものの、ピタリと動きを止めました。

「どうした、錦号」

軍曹の号令にも、錦号はピクリとも反応しません。動物特有の勘なのか、相手が強敵であることを感じたのかもしれません。それでも一歩だけ踏み出しましたが、ふたたび体が固まってしまったようでした。ハチの尻尾はクネクネと小さく動きはじめ、腹這いのまま、錦号へ向かってジリジリと草むらの中を進んでいきます。

成岡さんと大勢の隊員たちは、つばを飲み込んでじっと見ていました。

錦号とハチとの距離が六、七メートルまで接近したときでした。ハチの尻尾の先端がピタリと止まると、腰を小刻みに動かした途端、後あしで強く地面を蹴り、前あしを伸ばすようにして錦号にバッと飛びかかりました。見上げた錦号の目の前に、ハチの前あしから伸びた鋭い爪が飛び込んできました。すぐさま、錦号の右顔にザッと打ち込んだのです。

「あっ」

成岡さん、軍曹、隊員たちの息が一瞬止まりました。

錦号は棒立ちとなり、グルグルと回ったかと思うと、ドサっと横に倒れました。ハチは倒れた錦号には目もくれず、あっという間に草むらの中へ消えて行きました。軍用犬とヒョウとの決闘は、あまりにも一瞬の出来事でした。いまにも泣き出しそうな軍曹がひざまずき錦号の顔を見ると、ハチが打ち込んだ前あしの爪三本が耳の付け根から下あごまでをえぐるように傷がついていました。緑色の草が、錦号から流れるどす黒い血で染まっていきました。

成岡さんは、軍用犬と戦ったハチを見て、底知れない力強さと、あらためて猛獣であることを感じたのでした。

生後六ヶ月を過ぎたころには、ハチの体はさらに大きくなり、体長は一・七メートルにまで成長しました。このころ、すでに中国戦線の各部隊の間でも、ハチと成岡さんは有名になっていました。ヒョウは、猛獣の中でもサーカスで見られるようなライオンやトラのように、調教して芸をさせることは難しいといわれています。そのヒョウが成岡さんや隊員たちに飼いならされていることもふくめて、各部隊の兵隊たちの間で話題になっていたのです。

成岡さん率いる隊員たちは、夜間の見張り役としてハチを連れて行くようになりました。ヒョウは夜行性の動物ですから、暗くて人間の目には見えなくても、敵の位置や行動を察知することができるからです。ハチは、隊員の一員として、重要な役割を果たす存在にもなっていたのです。

同時に困った問題がありました。ハチが幼いころから、日本軍の本部より『危険であるから、隊内の飼育は絶対に禁ずる』と何度も注意を受けており、成岡さんはそのたびに心を痛めていたのです。

〝かわいいハチをどうして処分することができるだろうか〟

隊員らとともに「困った、困った」と頭を抱えて、これまでこっそりと飼ってきたのです。

中国も日本と同じく梅雨の時期がきました。長い間、冷たい雨が降り続けることで、兵舎内の設備や陣地が変形してしまうので、補強工事をしなければなりません。その完成した設備を確認するために、日本軍本部から、連隊長はじめ幹部一行が、成岡さんが所属する部隊を巡視することになりました。

〃連隊長にハチが見つからないよう、私の部屋に隠しておかないといけない〃

巡視の日、連隊長が到着するや兵舎の表門前に隊員たちがずらりと整列し、一斉に挙手の敬礼をして出迎えました。

ザッザッザッと砂利の踏む音が近づいてきました。

〃ハチ、部屋におってくれよ、出てくるなよ〃

成岡さんは敬礼をした姿勢で動けず、心の中で祈るばかりでした。

ところがハチにとっては、連隊長ら一行の姿は初めて見る人ばかりだったので、いつも遊んでいる隊員たちとは違う、見慣れない侵入者と思ったのです。

次の瞬間、成岡さんの部屋から風のように飛び出したハチが向かった先は、一行の中で一番偉い連隊長でした。庭先にハチがヌッとあらわれて一行は足を止めました。初めてヒョウに出くわした一行は、目の前のハチを見ながらゴクリとつばを飲み込みました。連隊長も気づいて立ち止まり、口を真一文字に結んでいました。

〝しもうた、ハチ、おとなしくしてくれ〟

目の前にあらわれたハチを心配する成岡さんですが、上官の前なので敬礼の姿勢のまま動くことができません。

やがて連隊長がハチの動きを見計らって、足を一歩踏み出した時でした。ハチが連隊長に向かってパッと飛びついたのです。「あっ」と声をあげる時間すらないほどの素早さで、誰も止めることができなかったのです。

ハチは、連隊長の右肩からつるしていた地図などが入った図嚢（かばん）に前あしでからみつき、子猫のようにじゃれつきはじめました。

「えっ」

あっけにとられた連隊長は、苦笑いしながら重い口を開きました。

「成岡、おまえはまだヒョウを処分していなかったのか」

「はいっ」

成岡さんは、背筋をピンと張って返事をしました。叱られる覚悟を決めていたのです。

「成岡、だいじょうぶだろうな」

そう言いながら、連隊長は腰元でじゃれつくハチの頭をなではじめました。

「はいっ、絶対だいじょうぶであります」

ふたたび大声で返事をした成岡さんは心の中で、こうつぶやきました。

〝しめた。ここはハチを知ってもらう最初で最後のチャンスだ〟

成岡さんは素早く腰につけていた刀をはずし、上半身の軍服を脱ぎ、ハチに近寄りました。

「連隊長、失礼いたします。ハチ、来い」

その声に反応したハチは、成岡さんに飛びかかると顔をなめ回したり、じゃれはじめました。成岡さんはハチを倒して胴体に自分の頭を乗せて枕がわりにしたと思えば馬乗りになったり、自分の拳をハチの鋭い牙が生えている口の中に入れるなど仲良しの姿を見せたのです。連隊長はその様子をじっと見つめていましたが、やがて強張った表情をくずし笑顔を浮かべました。

「もうよい。わかった、わかった」

目の前で野生の猛獣が人間とたわむれている姿に感心したのです。

「食べ物はなにを喰わしているのか」

「はいっ、肉食ですから、野ジカ、野鳥であります」

成岡さんがこたえると、連隊長は続けて、こんなうれしい言葉をかけたのです。

「今後は、連隊のマスコットとして、成岡が所属の第八中隊で飼ってよし。よりいっそうかわいがってやれよ」

連隊長のやさしい言葉を聞いた成岡さんはハチの頭をなでながらつぶやきました。

〝ハチ、よかったのう、これでおまえの命はつながったぞ〟

思いがけない出来事でしたが、これでハチは堂々と兵舎で暮らすことが許されたのです。

そして不思議なことに、ハチは、日本軍のカーキ色の制服を着ていれば、ほかの隊員であっても犬のように従順だったことに、成岡さんは気づきました。また、部隊が大切にしている軍用馬を襲うことも一切ありませんでした。

この日からハチは日本軍のマスコット、いや隊員となりました。

九月上旬、営庭を少し歩くだけで軍服があっという間に汗でびっしょり濡れてしまうほど、蒸し暑い日が続いていた中で、成岡さんは悪性のマラリアにかかってしまい、寝たきりになってしまいました。

マラリアとは、マラリア原虫をもつ蚊に人が刺されることで感染する病気です。世界中の亜熱帯や熱帯地域に流行し、蚊が繁殖する雨季に多いといわれています。感染すると、熱、寒気、吐き気、頭痛に襲われ、人によっては一ヶ月ほど症状が続き、死に至ることもある恐ろしい病気です。

成岡さんは毎日、高熱にうなされ、寝床でぐったりしていました。つぶらな瞳で見つめるハチは一日中、枕元にちょこんと座り、成岡さんの顔や手、指をペロペロなめ回し、片時も離れようとしません。

「ハチよ、おまえが看病してくれるがか。ありがとうな」

ハチは、あふれ出した成岡さんの涙と汗をペロペロとなめました。成岡さんは鼻がツンとなり、目の前にいるハチの姿がぼやけてしまい、見えなくなりました。

第4章　お別れのとき

昭和十七（一九四二）年春。

ハチが生まれた牛頭山がある中国湖北省陽新県境の田園地帯では、山や野に咲く草木は芽吹き、新緑の葉っぱがそよ風に揺れていました。木々の間から小鳥たちのさえずりが聞こえてきます。

ハチが牛頭山で成岡さんと出会い、兵舎でいっしょに暮らすようになって、早一年が過ぎようとしていました。ハチが母親と別れたあとは、成岡さんがお母さんのような存在になっていたのかもしれません。ハチが寝るときはいっしょの部屋で成岡さんの太い腕にあごを乗せて枕がわりにしていましたし、兵舎の庭でも成岡さんが歩くと片時も離れず、体を寄せていました。成岡さんの広い背中や肩にまで飛び移り、ちょこんと乗っていたこともありました。ハチにとって、成岡さんは育てのお母さんでもあり、心がホッとする、あまえられる存在だったのです。

やわらかな日差しの下で、ハチが隊員たちとじゃれて遊んでいたある日のことです。

「ハチは、おれたちの日常の風景になくてはならん存在になっちゅう」

隊員のひとりがハチの頭をなで、笑いながら話しかけていました。

「そうやのう。けんど、ハチは本当に猛獣やろうか。とても見えんわ」

別の隊員が大声で笑っていると、成岡さんも目を細めていました。

五月が近づいたある日のこと。日本軍の本部から成岡さんが所属する部隊に通達が届きました。

『アメリカ空軍が日本を爆撃なり』

約半年前、アメリカ・ハワイの真珠湾攻撃以降、日本軍は連戦連勝と聞いていただけに、日本が爆撃されるなどとは予想もしていなかったので、誰もが驚き、胸を痛めました。さらにアメリカ海軍が太平洋をひそかに横断して、日本列島の海域に入ると、アメリカの航空母艦からB－25十数機が飛び立ち、日本の領空へ侵入してきたのです。十数機は東京、横浜、横須賀、名古屋、神戸、大阪などの大きな都市や町に爆弾を投下しました。アメリカ空軍の爆撃機が着陸点として利用していた飛行場は、成岡さんたちがいた中国の江西省白山、建鳳という飛行場でしたから、アメリカが利用している飛行場をかいめつする作戦の出動命令が成岡さんたちに下されたのです。

成岡さんたち第八中隊は、今回の作戦出動命令により、移動をしなければならなくなりました。隊員たちは移動準備のために自分の銃や食糧、荷物の荷造りで兵舎の広場を走り回っていました。成岡さんもまた、ほかの隊員と同じく出発の準備に追われていたのです。

ハチが兵舎で暮らすようになって、すでに一年二ヶ月が経過していました。

〝次の戦地には、猛獣のハチを連れて行くことなど許されるはずがない。いったい、どうすればよいのか〟

ハチと目が合った成岡さんは頭の中でいろいろなことを考えていました。

〝ハチは猛獣だが、人間を襲わないやさしい心を持っている。このまま野生にもどしたら、きっとほかの猛獣に殺されてしまうだろう〟

成岡さんはハチのこれからのことを考えると、胸が痛みました。そこで、故郷の高知県にある柳原動物園に手紙を書いたのです。

『郷里の高知県民の方々に、郷土出身の隊員たちとともに生き抜いたハチの雄々しい姿を一目見ていただきたい』

成岡さんは、ハチの性格や日本兵にとって心の支えにもなったことなどを細かく手紙にしたためました。そして、動物園からの返事を祈るような気持ちで待っていましたが、残念にも願いは聞き入れてもらうことはできませんでした。

アメリカ軍から爆撃の被害を受けた日本は、人間でさえ食糧難が続いていました。まして、地方の動物園は肉食の動物を飼うことさえ厳しい状況でした。

成岡さんは高知県の柳原動物園から断りの手紙が届いてもあきらめることなく、次に大阪の天王寺動物園にも同様の手紙を書きました。

しかし、天王寺動物園でも、すでにオスとメスのヒョウが二頭、飼育されていたので、受け入れてもらえませんでした。

成岡さんの所属部隊が、次の戦地へ行く時間が刻々と迫って来ていました。もうダメかとあきらめかけていたときでした。成岡さんの頭の中に、ポッとひとりの女性の顔が浮かびました。

〝そうや！　宮先生ならば助けてくれるかもしれん！〟

まだハチが赤ん坊のころ、戦地の兵舎の隊員たちを励ますために慰問をしてくれた舞踊家の宮操子先生のことでした。宮先生は病気を患い、高熱でうなされていた寝床でハチが付き添ったおかげで元気になれたのです。

〝宮先生は、ハチが看病をしてくれたことを大いに喜んでいてくれた。きっと、忘れるはずがない〟

成岡さんは最後の望みをかけ、宮先生宛に手紙を差し出したのです。


「誰かしら」

封筒の差出人の成岡正久という名前はすぐに思い出せなかった宮先生でしたが手紙の文面を読んで、思わず「あっ」と口を開けました。

「あの子だわ・・・」

ハチと別れてから一年以上の時間が流れていましたが、宮先生はすぐにかわいいハチの顔を思い浮かべました。中国での一番の思い出は、自分を看病してくれた子ヒョウのハチだったからです。

手紙には、成岡さんの部隊が移動することでハチが飼えなくなってしまう、ぜひ上野動物園に引き取って欲しいことなど、手紙全体にハチへの愛情がつづられていました。

〝たいへんなことになったわ。どうしたらいいだろう〟

宮先生は動物園が預かってくれるための一番良い方法を考えました。

〝そうだ、知り合いの新聞社にお願いしてみよう〟

宮先生は、朝日新聞社に知り合いの記者がいたので、さっそく相談すると、記者は、上野動物園の福田三郎園長代理にハチの話をしてくれたのです。

福田さんは動物の生態の専門家であり、飼育員でもありました。

〃ハチの受け入れ先は、どうなったのだろうか〃

成岡さんの部隊の出動はもう目の前に迫っていました。遠く離れた日本からハチの情報は届かず、胸がハラハラ、ドキドキしていたのです。

いよいよ部隊の出発が二日後に迫った日のことでした。

五月三日、正午すぎ。一通の手紙が成岡さんの手元に届きました。

差出人は、『上野恩賜公園動物園』でした。

「おぉ、やっと届いたか」

封筒をいそいで開けて、文面を目で追い続けました。

『ぜひ、送っていただきたい。大いに歓迎する』

成岡さんはその場で飛び上がるほどの気持ちでした。そして成岡さんの目から頬にひとすじの涙がつたいました。

〃やったぞ、ハチ！　助かったぞ！　よかったな、ハチ〃

足元で座っているハチは成岡さんを見上げて、キョトンとしていました。

ハチとのお別れが決まり、部下の隊員の中にはがっくり肩を落とす者、さびしそうな表情を浮かべている者もいました。

部下の一人、橋田寛一隊員は、野生のノロジカを仕留めてきました。

「さあ、ハチよ。シカ肉を腹いっぱい食べるんや」

大きな肉のかたまりを贈られたハチは、肉を抱きかかえるようにむさぼりはじめました。

「ハチよ、俺たちにかわって、日本の土をふんでくれ。そして元気で生き延びてくれよ」

隊員たちは、ハチを囲み、顔や体をなでながら姿を目に焼きつけていました。

成岡さんも黙って、ハチをながめていました。

「成岡小隊長どの、一言、よろしいでしょうか」

隊員の中から声があがりました。

「どうした、話してみよ」

成岡さんがこたえました。

「はい、ハチの名前はハチ公とも呼んでおりましたが、帝都へ行くとなれば、ふさわしい名前をつけてあげたらと思いますがいかがでしょうか」

隊員たちが、うんうんと大きくうなずていました。

『帝都』とは、いまの東京のことです。天皇陛下が東京の真ん中の皇居にお住まいになっているので、そこに行くのならばハチにも格式高い名前をつけてあげたいという隊員たちのハチに対する愛情の表れでした。

そして、全世界をひとつに統一することを意味する『八紘一宇』というスローガンから『八』と『紘』の漢字をあてることになりました。

ハチのまめちしき〔八紘一宇〕

天下、全世界を一つの家にするという意味。

元は『日本書紀』から引用された言葉で、第二次世界大戦中のスローガンとしても用いられました。

「八紘か。うむ、ハチコウという同じ呼び名で漢字ならば、ええじゃないか」

隊員全員の賛成の声が響き渡りました。

「ええ名前じゃないか」

成岡さんも笑顔を浮かべ、ハチの頭をなでていました。

成岡さんと隊員、ハチにとって、最後の夜を迎えました。お酒を飲みながら歌う者、思い出話を語りあう者、笑ったり、泣いたり、各隊員はそれぞれハチへの思いを述べていました。

「ハチ、俺たちの分までも生きてくれ。頼むぜよ」

昭和十七（一九四二）年五月五日、出発の朝です。

成岡さんが兵舎の中庭にポツンとたたずむハチにゆっくりと歩み寄りましたが、ハチは顔を上げず、目を合わせようとしませんでした。

「ハチ、こっちを向いてくれんか」

成岡さんは声をかけると、ハチの体をぎゅっと抱きしめました。

「ハチよ、私より一足先に日本に帰っておれよ。日本のみなさまがおまえを歓迎し、大事にお世話して下さるはずだ。私はいつまでもおまえの幸福を祈っておるぞ。もし、私が生きて帰ることができたら、一番先におまえのところに会いに行くぞ。園長さんや、みなさまのいうことをよく聞き、存分にかわいがってもらえよ」

小さな笑みを浮かべる成岡さんは、まるで涙を浮かべているかのようなキラキラ光るハチの瞳を見るたび、胸が締めつけられる思いでした。

ハチは、成岡さんの笑顔と言葉がいつもと違うことを感じたのかもしれません。黙って成岡さんの口元をじっと見つめているだけで、いつものようにお腹を見せたり、あまえたりすることはしませんでした。

ハチはうつむいたまま、いっしょに暮らした兵舎へ向かおうとしました。

「ハチよ、もう私たちはここには戻らんのだよ。すまんな」

次から次へと隊員たちがハチを囲み、頭をなでながらみんな涙を流していました。

トラックに乗り込もうとしていた成岡さんは、最後にもう一度、ハチの元に駆け寄ると、両手でハチの顔を包み込み、そっと静かに口づけをしました。成岡さんのメガネのレンズは涙で濡れてしまい、ハチの顔がぼやけて見えました。

ハチを日本に送るために残った隊員以外の第八中隊は、こうしてふたたび次の戦地へと出発したのです。

しかし、これがハチと成岡さんにとってまさか最後のお別れになるとは、誰も思っていませんでした。

第5章　日本へ引っ越し

成岡さんと離れればなれになってしまったハチは、数日間、兵舎の庭でポツンとたたずんでいました。あれほど自分を愛してくれた成岡さんの姿はもうありません。ハチは広い営庭の木の上に登り、しょんぼりしていました。

兵舎には、ハチを日本へ輸送するため数名の隊員が残っていました。隊員たちはせっせと竹製の大きなかごを作ると、

「ごめんな、ハチ。おまえのためだ」

と言いきかせ、嫌がるハチをかごに入れました。兵舎から軍用トラックの荷台にハチを乗せると、途中、軍用犬用の鉄のおりに乗せ換えて、日本へ向かう輸送船が行き交う長江沿いにある港に到着しました。

港には、珍しいヒョウのハチを一目見たいと、日本の別部隊の隊員たちや、在中日本人たちが大勢集まっていたのです。

「あれが、人間といっしょに暮らしていたヒョウか」

「人間を襲わなかったのか」

軍服姿や背広姿の大人たちからジロジロと見られる中、ハチが乗った輸送船は長江の川を下流へと進み、上海の港に着きました。かつて成岡さんが日本から中国に上陸した際も、この長江を七日間かけて船で渡ってきました。

ハチを乗せた輸送船は、さらに上海の港で船に乗り換えて一路、日本の帝都を目指し、大海原に乗り出したのです。

「ヒョウをおりから出してあげるか」

船長は、成岡さんからの手紙の中で隊員たちと遊んでいた話を知っていたためおりにずっと閉じ込めるのはかわいそうだと思い、ハチをおりから出してあげることにしたのです。船長も船員もカーキ色の服装をしていました。
「よし、外に出てかまわんぞ」
おりの重い扉を開けると、ハチは勢いよく外に飛び出すやいなや、船の上
甲板や船内をぐるぐると走り回りました。かと思えば、今度は高いマストの
てっぺんまで棒をスルスルと登ると、先端にちょこんと座りました。
「おおっ、すごい」

船員たちはハチを見上げながら歓声を上げていました。ハチを乗せた船は東シナ海の大海原を渡り、無事、日本の北九州にある八幡製鉄の埠頭に到着しました。
この船中でのハチの様子について、後日、心配していた成岡さんの手元に船長の手紙が届け

られました。

『成岡さん、今度のような愉快な航海は、今まで一度も味わったことはありません。本当に有難う。感謝いたします』

丁寧な文面を読んだ成岡さんは、胸をなでおろしました。

ハチは列車に乗り換えて、帝都こと東京までおよそ一〇〇〇キロメートルの長い距離を数日間かけ、ついに東京の汐留駅に着きました。すでにハチのことは新聞記事で報じられていたため、東京で暮らす人たちも大きな関心を抱いていたのです。

昭和十七（一九四二）年五月三十日。

上野動物園に到着するや、ハチの姿を一目見たいと大勢のお客さんたちが輪になりながら、おりを囲んでいました。動物園の飼育員がおりに近づきますが、ハチはなかなかおりから出てこようとしませんでした。

無理もありません。ハチは小さなころから成岡さんをはじめ兵隊たちの手によって育てられてきました。ところが、いきなり見たこともない動物園をはじめ、ほかの動物たちの姿、形、鳴き声やにおいを感じたことで、きっと驚いたのです。しかも動物園の飼育員やお客さんたちの服装は、成岡さんたちと違って軍服でもなければ、ハチが安心するカーキ色の服装でもありません。環境がまったく変わってしまったことで、ハチは戸惑っていたのです。

飼育員は、ハチがおりから出てこないので困り果て、どうしたらいいのか、アイデアを出しあって考えていました。そんなとき、お客さんの中から一人の兵隊が、つかつかと出てきて、

「私にやらせてください」

と申し出たのです。

「えっ」

飼育員たちは一瞬立ち止まり、兵隊の言葉にキョトンとしました。

「いや、とんでもない！　危ないからダメです」

そばにいた係員が兵隊を手でさえぎりました。

「自分は、このヒョウ、いやハチを幼いころから世話していた者です。新聞で見て、ハチに一目会いたくて、こちらにきたのです」

と言ったこの兵隊は、実は成岡さんの部下、吉村重隆隊員で、数ヶ月前に中国から帰国し、千葉県の陸軍航空隊基地に配属されていました。

吉村隊員はおりの中にいるハチにゆっくりと近づきました。

「ハチ、ハチよ、おれがわかるか」

大きな声で話しかけました。

その瞬間、おりの中でうずくまっていたハチは耳をピクッと動かし、顔を上げたのです。

「ハチ、おれだ」

吉村隊員がもう一度叫ぶと、その聞き覚えのある声に気づいたハチはすぐさま立ち上がり、吉村隊員の元へ素早く駆け寄ると、ザラザラした粗い舌で顔をなめ上げました。

ハチは、自分が幼いころに隊員たちと過ごした楽しかった時間が戻ってきた気がしたのです。吉村隊員はハチの体をぎゅっと抱きしめました。

「うわぁっ」

「おおっ。すごい」

観衆から大きなどよめきと歓声がわき上がりました。

新聞記者やカメラマンたちがあわててシャッターを切り、ハチを撮影しました。

この時の様子を、当時の朝日新聞は、こう記事に書いています。

《ワッ凄い！　豹が人間に抱かれてゐるぞ

一日上野動物園で初お目見得した雄豹の子「ハチ公」が俄然坊ちゃん嬢ちゃんの人気を掻っさらってしまった。この人なつっこい豹の子はそれもそのはず中支戦線で活躍中の皇軍の兵隊さんの手に捕へられたのが生後二、三箇月のほんの赤ん坊時代、以来満二歳のけふまで部隊のマスコットとして可愛がられたのを、最近兵隊さんの好意で本社の斡旋により去る三十日汐留駅に到着したもの。

育ての親中支派鯨部隊成岡正久上等兵からは一緒に抱いて寝てゐましたが大きくなりすぎて部隊で育てるのも差し支えるやうになりました。帰還の暁は是非上野の檻で再會したいが、それまでどうか可愛がってやって下さいと溢れる愛情の添書がついてゐた名前のハチ公は「八紘一宇」の八にちなんで命名されたものださうで生後二年で背丈は五尺もあるが性質はいたっておとなしく到着早々同動物園福田技師や係のひとたちに抱かれてぢゃれつくといふ無邪気さ。

初お目見得の一日は様子の違ふ檻のなかからまぶしさうにながめ観覧者の中にカーキ色の軍服を見つけると懐かしそうにじっと眼を注ぐいぢらしさがいっそう人気を呼んでゐる》

この新聞記事に添えられた吉村隊員とハチの写真を見た全国の読者は、さぞ驚いたことでしょう。たとえ肉食の猛獣であっても、幼いころから人間と生活をともにして愛情を注いだことで、人間と心を通わせることができると証明したからです。

そのころ、中国にいる成岡さんは、ハチが上野動物園に無事に着いたかど

うか、そわそわしながら連絡を待っていました。

ある日、成岡さんは長江に面した水上交通の要といわれる九江市に二日間滞在していたとき、日本人街にある新聞社の支局を訪ねました。

「ハチというヒョウが上野動物園にいる記事は出ていませんか」

成岡さんは高鳴る胸をおさえながら、尋ねました。

「あなたですか、東京の上野動物園にヒョウを贈られたのは」

支局員が問い返してきました。

「そうです、私です」

成岡さんはこくりとうなずくと、支局員が笑顔を浮かべました。

「大きな文字で新聞に出ていましたよ」

六月二日付の新聞を探して出してくれました。

記事には、懐かしいハチの顔写真が載っていたのです。

「よかった、無事に着いている。ハチよ、本当によかった・・・」

成岡さんは新聞記事のハチの写真を撫でながら、うんうんとうなずいていました。メガネのレンズに大粒の涙がポタポタとこぼれ落ちて止まりません。

新聞を買った成岡さんは、急いで宿舎にいる隊員たちに知らせました。

「みんな、ハチが無事、上野動物園に着いたぞ」

成岡さんの弾む声が宿舎に響き渡ると、隊員たちがどっと押し寄せて、新聞の記事をのぞき込み、声を上げて読みだしました。

「よかったなあ、ハチ」

成岡さんと隊員たちは泣いたり笑ったりして、抱き合って喜びあいました。誰もが、ハチが上野動物園で過ごすことができるよう、無事を祈っていたのです。


一年の終わりが近づいた十二月、どんよりした鉛色の空におおわれた東京・上野動物園内は家族連れや子どもたちの姿も少なく、動物園は静けさに包まれていました。ハチをはじめ、動物たちもおりの中のコンクリートの上でじっと過ごしていました。

そして十二月六日、特別な日がやってきました。園内の職員や飼育員たちが顔を強張らせ、慌ただしく動き回っていました。

午前八時半、皇太子殿下（現在の上皇陛下）がご見学のため来園されたのです。殿下は当時、学習院初等科に通う三年生でした。殿下をお護りする皇宮護衛官と数十名の警察官たち、宮内庁の職員のほか、現在の東京都知事にあたる東京市長、動物園の関係者たち、数多くの新聞記者とカメラマンたちが集まっていました。

殿下への園内のご説明、ご案内役を務めたのは、福田さんでした。福田さんによる園内の動物たちの生態や食べ物などの説明を聞きながら、殿下がハチのおりの前にきたときでした。

おりの奥で体を丸めていたハチは、人の気配に気づくとむくっと起き上がり、おりの柵にスタスタと歩み寄りました。するとハチは、殿下の前で〝ゴロゴロ〟とのどを鳴らし、頭と体を柵にすり寄せたのです。

「おおっ、ハチは皇太子殿下がわかるのか」

何も知らない新聞記者が驚きの声を上げました。
殿下は、目の前であまえるハチの様子をじっとながめていました。
実はハチが反応したのは、殿下のとなりに立っていた東京市長の軍服姿が
カーキ色だったからでした。
ハチの行動を殿下の隣で見ていた福田さんは、ハッと気づきました。以前、
成岡さんからの手紙に、次のように書いてあったからです。
『陸軍の軍服を着ていればハチは安心します』
福田さんは、ハチのことを頭の良いヒョウだと思い、感心したのでした。

第6章　戦争による猛獣たちの悲劇

年が明けた昭和十八（一九四三）年、上野動物園は戦争の真っ只中でもお正月から開園し、一月二日の入場者は三万七千人、三日には晴天も続いてさらに多くの入場者が訪れました。

中国から日本に移り、上野動物園で暮らすようになったハチの体は丸々と太くなり、筋肉もついてたくましさがましてきました。カーキ色の服を着た人がおりの前に近づくとハチは近寄ってくるので、ゾウ、キリン、ニホングマ、ライオンと並び、ハチも子どもたちの人気者になりました。

しかし、戦火は日をますごとに激しくなり、空襲にそなえて、動物園内でも防空訓練をくり返すようになりました。

日本の戦況が悪化をたどるごとに、国民は日々の食事にも困るようになりました。そのため全国各地の動物園でも、食糧や飼料が簡単に入らなくなってきたのです。それでも飼育員たちは動物たちの食糧を確保するため、必死に探し回っていました。

その年の八月上旬、上野動物園の福田さんは東京都の公園緑地課長から電話で呼び出されました。この一ヶ月前、東京府と東京市から東京都という名称に変わりました。

〝もしかすると・・・〟

呼び出しを受けた福田さんの胸がざわつきました。

東京都庁の課長室に入ると、都内のすべての公園の権限をもつ公園緑地課長は眉間にしわを寄せて厳しい表情を浮かべ、重い口を開きました。

ハチのまめちしき［東京都］

昭和18(1943)年7月1日に、いまの東京都になりました。

「実は、まことに申しあげにくいのですが・・・」

「猛獣の殺処分」

「毒殺」

「非常時には」

「銃殺」

続く言葉を聞いていた福田さんは、自分の予想が的中してしまったことで、息が苦しくなり、メモをとることができなくなりました。

公園緑地課長は、続けて「日本軍の戦局が悪化したわけでもなく、もしも空襲が起きて、動物園に爆弾が落ちた場合、おりから猛獣が逃げ出すと、国民の命の危険性もある」と言いましたが、福田さんは、頭の中が真っ白になって、なにも言葉が浮かんできませんでした。小雨が降りはじめた動物園に戻ると、園内をゆっくりと歩きはじめた福田さんの頭には、公園緑地課長に言

われた命令が鳴り響いていました。

「一ヶ月以内に、猛獣を毒殺せよ」

福田さんは、おりの中にいる動物たちを見ようとしますが、胸が苦しくて、近づくことさえできませんでした。足音に気づいたトラやゾウがうれしそうにすり寄ってきますが、動物たちの目をまっすぐ見ることがとてもできなかったのです。

翌朝、福田さんは出勤後、飼育員全員を集めて、前日の話を説明しました。

この日から連日、動物園が閉園後、数頭の猛獣が毒殺されるようになりました。はじめは、ホクマンヒグマのメスで、ふかしたさつまいもに〝硝酸ストリキーネ〟という強力な毒薬を混ぜて与えると、すぐに食べました。そのわずか一、二分後、ヒグマは大きな手足にけいれんを起こし、立つことさえできず、もがき苦しみながら、約二十分で死にました。

ニシキヘビ、ニホングマ、クロヒョウ、シロクマ、ライオンと次々と猛獣がおりから姿を消していきました。

上野動物園で子どもたちの人気者だったゾウのジョン、花子、トンキーの三頭もその対象でした。例外だったのは、資料にするため陸軍獣医学校が責任を持って処置をすることぐらいで、まずは青酸カリを注射したじゃがいもを与えました。

ところが、ゾウは頭のいい動物で、毒入りのじゃがいもを投げ返して、決して食べようをしませんでした。そこで硝酸ストリキーネ入りの注射をいちばん皮が薄い耳の後ろに刺そうとしましたが、針が折れてしまいました。結局、ゾウには食べ物を一切与えず、餓死をさせる方法をとるしかなかったのです。

　ジョンは絶食開始から八月二十九日、花子は九月十一日に亡くなりました。最後に残ったトンキーは、飼育員がゾウ室に入るたび、空腹の体を起こして両前あしをあげてけんめいに芸を見せるのです。トンキーは上手に芸をすれば、バナナやリンゴをもらえることを知っていたからです。

　飼育員がトンキーの体に触れると、げっそりやせているのがわかりました。トンキーは飼育員のポケットの中に鼻を突っ込み、食べ物を欲しがります。体が弱ってきたトンキーの姿を見た飼育員は、隠れてエサや水を与えることもありました。しかし、トンキーにはもう立つ力も歩く力も残っていませんでした。飼育員たちは何もしてあげられない自分たちへの怒りと悲しみにあふれる涙を何度もぬぐいながら、静かに見守るだけでした。

　トンキーは最後まで生き続けようとがんばっていましたが、ついに九月二十三日に亡くなりました。

上野動物園内で毒殺された猛獣は全部で二十七頭でした。

もちろん、その中に、成岡さんたちが愛したヒョウのハチも入っていました。


運命の日。


ハチはおりの中でスヤスヤと眠っていました。飼育員がおりに近づくと、いつものようにスタスタとおりの内側の柵に顔をなすりつけて、あまえるしぐさをしました。

ハチは、子ヒョウのときから兵隊たちに食べ物を与えられていたので、人間を疑ったことは一度もありません。

この日もハチにとっては、決まった食事の時間が訪れただけだと思っていたのです。

しかし、毒入りの食べ物を持つ飼育員の手は、小さく震えていました。

「ハチ、すまない」

飼育員は、泣きそうになるのをけんめいにがまんして、おそるおそる食べ物を差し出しました。

ハチは何の疑いも持たず、うれしそうに器に顔をうずめ、ムシャムシャと食べました。

その直後、口を曲げて低いうなり声を上げたのです。

〝グアァァ〟

おりの中から、今まで聞いたことのない激しい息づかいが漏れてきました。

ハチに背を向ける飼育員の肩が、小さく震えていました。

〝ガァァ、グエッ〟

おりの中のハチは、口の中の物を取り出そうとけんめいに前あしを口に持っていきましたが、すぐに体が横に倒れ、目を開いたり閉じたりをくり返しました。

ハチは必死に自分の体を起こし、歩き出すのですが、前あしと後あしがガタガタ震え、ついに動けなくなりました。そして、バタンと倒れ込んでしまったのです。

ハチは、もう二度と立つことはありませんでした。

昭和十八年八月十八日。

ハチは奇しくも、自分の名前『八』が重なった日に亡くなったのです。

同じ日、そして明くる日も、動物園の猛獣の命がうばわれていきました。

ハチが亡くなって一週間後のことです。

中国でもまだ戦争が続いていましたが、成岡さんに、二ヶ月間の特別休暇が与えられたので、故郷の高知県へ戻りました。成岡さんの胸は、ハチにまた会える喜びでいっぱいでした。

「ハチに会いに行く前に、上野動物園に連絡をしなければ」

《ハチ　ケンザイナリヤ　ナルオカ》

成岡さんからの電報を受け取った福田さんは、言葉を失いました。

〃まさか・・・、どうして・・・〃

動物園での猛獣毒殺は、国民には知られないよう秘密の行動でした。にもかかわらず、ハチが死んで一週間しか経っていないこのタイミングで、成岡さんからの電報が届いたので驚いたのです。

成岡さんにとっても〃虫の知らせ〃だったのかもしれません。亡くなったハチからの、成岡さんに〝助けて〟というメッセージだったのでしょうか。

福田さんは電報を打ち返しました。

《八ガツ　一九ヒ　ドクサツス》

真実だけが淡々と書かれていました。

ハチの元気な様子がつづられていると返事を心待ちしていた成岡さんは、その言葉に目を疑いました。

〝まさか！　ハチが死んだとは。どうしてだ、なぜ、ハチは毒殺をされたのだ〟

成岡さんに激しい怒りがこみ上げてきました。悲しみで、涙があふれて止まりませんでした。その後、体から力が抜けてしまい、お尻をペタンとその場について動けなくなりました。

しばらくぼーっとしていた成岡さんは、こう思いました。

〝戦争というものがおかした罪なのか。ハチのみならず、ほかの猛獣たちすべても犠牲になったのだ。動物園だけを責めることはできない〞戦争によって成岡さんとハチは戦争によって出会うことができましたが、戦争によって別れてしまったのです。
〝ハチよ、すまんことをした。こんなことになるんだったら・・・〞
成岡さんは苦しく、悲しい胸の痛みをこらえ、ハチへの冥福を祈りました。
ハチへの思いが一番強かった成岡さんは、その後なにもやる気が起きず、体が鉛のように重たく感じていました。
〝あと七日早く帰国していれば、元気なハチと再会ができたはずだったのに〞
その思いは叶わず、成岡さんは心に大きな傷を負ったまま、二ヶ月後ふたたび戦友たちがいる中国の戦地へと飛び立ったのです。
ハチがこの世を去ったことを知って胸を痛めていたのは、成岡さんと隊員たちだけではありませんでした。ハチの新たな居場所を紹介した舞踊家の宮操子先生もその一人でした。

宮先生自身が生前に書き残した本の中で、このような気持ちをつづっています。

「あの当時人間が生きのびるためにはやむを得ない処置であったかのもしれない。しかし私は人間のために動物が犠牲になるのは当たり前だとは決して思わない。本当はいやだ。いやでたまらない。しかしそうするより仕方がなかった、やむを得なかった。辛いけど動物を皆殺しにしなければならなかった、そこまでしなければならなかったことに私は痛みを感じるのだ。この世に生を受けた以上動物の命だって人間の命と同じように尊いはずだ。生き続ける権利は彼らだってあるはずなのに・・・」

苦しくて、胸が痛くなる思いは続いています。

「兵隊さんたちの無償の愛につつまれて育ったハチはこれまで一度も人を

疑ったことはなかったと思う。毒入りのエサを持って係員がやって来たときもおそらく尻尾を振って迎えたのだろう。ハチは死ぬ直前に何を思っただろう・・・。〃なぜ、ボクが何をしたの・・・〃もしハチがしゃべることできたら、そんなことを問うたのではないか・・・」

ハチの死に、宮先生の心には、ぽっかりと穴が空いたようでした。

第７章　ハチとの再会

昭和二十（一九四五）年に戦争が終わりました。

ハチが死んでから二年の歳月が過ぎました。

高知市の高知城を囲むイチョウ並木の葉が黄色から橙赤色へ移りゆく、十一月下旬、成岡さんは日本に帰国しました。

「懐かしいのう・・・」

成岡さんは、高知城を見上げながら中国でいっしょに過ごしていたハチのことを思い出していました。

間もなくして、ハチをお世話していた上野動物園の福田さんがたまたま高知に出張で来ることを新聞で知った成岡さんは、福田さんに会いに行きました。これまで二人は手紙のやりとりはしていたものの、実際に顔を合わせる

ハチのまめちしき［終戦記念日 8月15日］

昭和20（1945）年8月15日に天皇陛下により、日本の降伏が国民に伝えられました。これを玉音放送といいます。この日を、戦争で亡くなった方々を追悼し平和を祈る日としています。

のは初めてのことでした。それでもハチへの思いを手紙で語り合っていただけに、二人は心が通じ合っていることを感じていました。

成岡さんは福田さんの目を見ながら話しかけました。

「福田さん、お願いがあります」

「なんでしょうか」

「ハチ公のはく製をいただきたいのです」

上野動物園はハチをはく製にしていました。成岡さんはそれを知っていたのです。

「えっ」

「私が内地に帰るのを待たずに殺されたあいつが、かわいそうでたまりません。せめて面影をしのびたいのですが、ハチ公のはく製を私にいただけないものでしょうか」

福田さんは、成岡さんのハチへの愛情あふれた言葉を通じて伝わってきたからこそ、しばらくなにも言葉を返すことができませんでした。

〝これは、困ったことになった〟

ハチのはく製は上野動物園ではなく、東京都の所有のため、個人に引き渡すことはできないからです。

頭を抱えながらも福田さんは、成岡さんのためにも役立とうと思いました。

「成岡さんのお気持ちはよくわかりました。いろいろとやってみますので、私にしばらくお時間をちょうだいできませんか」

その言葉を聞いた成岡さんは、両手を差し出して福田さんの手を力強く握りました。

「ありがとうございます。なんとかよろしくお願いします」

成岡さんは深々と頭を下げました。

福田さんは成岡さんの指先に力強さを感じたのでした。

しばらくして、福田さんからうれしい知らせが飛び込んできました。

特別の手続きをしたので、東京都が、成岡さんにハチのはく製をプレゼントすることになり、ハチが成岡さんの元に戻ってくることになったのです。

ハチのはく製を受け取った成岡さんは、自宅で寝起きする居間の床にはく製を置いて、毎日いっしょに生活するようになりました。

第8章　ヒョウのおじさん

はく製になったハチといっしょに暮らすようになってから、
〝ハチのことを子どもたちにもっと知ってもらいたい〟
と成岡さんは、いつも願っていました。

ある日の朝、全校児童が小学校の校庭に集まって朝礼が行われていました。校長先生がお話の最後にこう言いました。

「実は今日、皆さんにある方のお話を聞いていただきます。お国のために兵隊さんとなって中国へ行かれていた、成岡正久さんです」

校長先生に紹介された成岡さんは朝礼台に上がると、ハチのはく製を大切そうに抱きかかえていました。

「あっ、正久おじちゃんだ。ええっ、まさか、あのハチを抱いてきたの…」

成岡さんの姪の昌さんも、ハチの存在は知っていましたが、まさか自分が通う小学校でハチを見るとは思いもしませんでした。ほかの子どもたちも思わず口をポカーンと開けていました。

「なんだ、あれ」

「あれはライオンなの、いやチーターじゃないが」

「猛獣だ、すごいね」

校庭で整列をしていた男の子や女の子たちがざわつきはじめ、次から次へと体を乗り出すように前に押しかけてきて、ついに朝礼台の近くまで集まってきました。

「みなさん、おはようございます。私は、成岡正久といいます。抱いているのは、ヒョウのはく製です。名前はハチです」

「ええっ、ヒョウなんだ、はじめて見た」

「私も」

「ぼくも・・・」

「もっと、見てみたい」

みんなハチに夢中(むちゅう)です。

成岡さんは、戦争で中国へ行き、牛頭山で赤ちゃんのヒョウと出会ったこと、兵隊のみんなから愛され続けたこと、中国から日本に引っ越してきて、上野動物園で過ごしたことをなどを話しました。

成岡さんが話しはじめると生徒たちは誰一人おしゃべりする者はなく、校庭はまるで時間が止まったようになりました。

以来(いらい)、子どもたちは成岡さんのことを〝ヒョウのおじさん〟と呼ぶようになったのです。

しばらくして成岡さんは、高知市内で路面電車や車が走る桟橋通り沿いに氷販売店を開きました。

当時はまだどこのお店や家庭にも冷蔵庫がありませんでしたから、成岡さんは製氷業者から氷を仕入れて、冷蔵庫代わりの木箱にダンボールほどのブロックの形をした氷を入れて、三輪自動車の荷台に乗せて取引先のフェリーが発着する高知港や桟橋近くの競馬場内のお店などへ氷を届けていました。

そのころ、成岡さんは「ハリー」という名前のシェパードを飼いはじめました。

「おじちゃん、大きな犬やね」

近所の子どもたちは自分より体が大きくて、迫力ある目の前のシェパードをジロジロ見ながら話しかけました。

「うむ、この犬はおりこうできちんと言うことを聞くんだ。おじちゃんが戦地にいっているときも軍用犬でも使われていたんだぞ」

成岡さんは目を細めて、シェパードの頭をなでながら笑っていました。シェパードはいつも成岡さんにぴたりと寄り添うようにそばにいて、氷をお店に届ける時、成岡さんが運転する三輪自動車のとなりでシェパードは並んで走っていました。

「おっ、また三輪自動車とワン公が走っとるぞ」

近所の人たちは笑みを浮かべてながめていました。

成岡さんは氷販売店のほかに『パンサー』という喫茶店も経営していました。〝パンサー〟は日本語に訳すと、〝ヒョウ〟という意味です。今まで成岡さんの自宅の居間にあったハチのはく製は、『パンサー』へ引っ越しました。

毎日、成岡さんはシェパードを連れて、『パンサー』に顔を出すようになりました。ハチのはく製のそばに置いた自分専用のイスに腰掛け、コーヒーをおいしそうにすすり、新聞を読むのが一日の始まりでした。

『パンサー』に初めて来たお客さんは、ハチのはく製を見ると、ギョッとして思わず立ちすくんだり、チラチラ、こっそり見たりしています。

「お客さん、こいつの名前はハチって言うんだよ。こっちさ来い」

成岡さんはニコリとしながらチョイチョイと手招きして、うれしそうにハチの話をはじめます。顔見知りのお客さんでも同じ話をしていました。

成岡さんには、小学生の真佐子さんと幼稚園児の俊昌さんという二人の孫がいます。真佐子さんと俊昌さんは、成岡さんを〝おじいちゃん〟と呼んで、いつも家に遊びに行っていました。

「おっ、真佐子と俊昌、よう来たな。よしっ、ハチの話をしようか」

成岡さんは、そばにいるはく製のハチの頭をやさしくなでながら、中国でハチと出会ったことやいっしょに遊んだ話をしはじめたのです。

〝またおじいちゃんのハチ話がはじまったよ・・・〟

真佐子さんは心の中でつぶやきました。ハチの話は、成岡さんの家へ行くたびに何度も聞かされていたからです。

それでも、成岡さんが笑いながら楽しそうにハチの話をしている姿を見ていると、真佐子さんもなんだか胸のあたりがあったかくなって、心地よい気分になるので、同じ話を聞いていてもあきることはありませんでした。それに真佐子さんと俊昌さんはハチのはく製を生まれた時から見ているので、幼いころからずっといっしょに育ってきた気がしていたのです。

やがて、真佐子さんと俊昌さんのお父さんでもある、成岡さんの息子の直正さんが、『パンサー』と同じ場所に『瑞霞苑』というレストランを開店しました。ハチは三回目の引っ越しとなりました。

ここでも成岡さんは毎日、シェパードを連れてハチに会いに来てコーヒーを何杯も飲んだりしてお店で過ごしていたのです。はく製のハチをめずらしそうにながめているお客さんを見つけるたび、成岡さんはここぞとばかりに席を立ち、話しかけました。

「これはね・・・、ハチという名前でね」

このころ、以前飼っていたハリーが亡くなり、同じシェパードを飼いはじめました。毛色が黒だったので、孫の俊昌さんが「クロ」と名づけました。

学校帰りの真佐子さんや俊昌さんがお友だちを『瑞霞苑』に連れてきたときも同じでした。

「おおっ、真佐子や、こっちにきいや。お友だちにハチの話をしようか」

成岡さんが真佐子さんとお友だちにジュースを出してあげます。

「しまった・・・。またおじいちゃんのハチ話がはじまっちゃったよぉ・・・」

真佐子さんはちょっぴり口をとがらせますが、成岡さんがうれしそうに語るハチの話をくり返し聞いているうちに、ハチが自分の家族のような存在(そんざい)に感じてきていました。

〃おじいちゃんは大好きなハチが死んで、悲(かな)しんでいるんだ。きっとさびしくて、つらいんだろうな・・・〃

真佐子さんは、ハチが動物園でどのように死んでしまったのかという、悲しい話も聞いてきましたが、幼いころはどれほどつらいことなのか、理解(りかい)ができませんでした。しかし、小学三年生ごろになると、成岡さんがどれほどハチを愛していて、ハチを失(うしな)ったことがどれほど悲しく、その後さびしく過ごしてきたのか・・・。真佐子さんは少しずつですが、おじいさんの気持ちがわかるようになってきたのです。

ハチが置かれた『瑞霞苑』は四階建ての鉄筋造りで、二階から四階まで大人数が食事できる立派な建物でした。成岡さんが所属していた〃くじら部隊〃の戦友だった隊員たちの集まりもこの店で開かれていました。隊員たちはハチを囲みながら、お酒と料理を食べて、思い出話をたくさん語り合っていました。

年月が過ぎた、ある日のことです。

成岡さんは新聞記事で、高知市が未来の子どもたちのための学習施設『高知市子ども科学図書館』を開館することを知りました。

〃子どもたちにとって、とても大切な施設になるだろう〃

成岡さんは、従業員もお客さんも帰ったあと、お店のすみっこにポツンと置かれたケースの中のハチの姿をじっと見つめていました。しばらくして、今度は目を閉じて腕を組み、考え込みました。お店の中で聞こえるのは時計の針が進む音だけでした。成岡さんは、ある決断をしました。

〝戦争で起きた悲しい出来事を子どもたちに伝えるためにも、ハチのはく製を高知市に寄贈しよう〟

昭和五十六（一九八一）年二月、『高知市子ども科学図書館』は、潮江市民図書館の二階に開館しました。握手をすると音楽が鳴り首を振るロボットくんの手作りの実験装置、約千百年前の高知市の地図の模型、鏡や電気で科学の不思議を体験できるコーナーなどが子どもたちの人気を集めていましたが、もちろんヒョウのハチのはく製がめずらしくて見にくる子どもたちも大勢いました。

ある日、館長の澤田邦子さんが館内を歩いていると、背広姿の老人男性がハチのはく製の前で立っているのを見かけました。

「失礼ですが、このヒョウのハチのことをご存じなのですか」

澤田さんは男性に問いかけました。

「はい。私は、成岡正久曹長の部下の橋田寛一と申します。中国でハチのお世話をしておりました。新聞記事にハチがこちらにおると知ったもので、会いとうてうかがいました」

当時、橋田さんは銃の名手として、ハチのえさを確保するために鳥を仕留めたりしていました。ハチと別れるときに、ノロジカをハチに贈ったあの橋田さんでした。橋田さんは、ハチといっしょに写った写真を持っていました。

「そうでしたか、きっとハチもお会いできて喜んでいると思います」

澤田さんは深々と頭を下げて事務室へ戻りました。

「ハチ公よ、なつかしいのう・・・。わしを覚えちゅうか。わしはハチ公のことを覚えちゅうぞ。元気な姿でもう一度会いたかったのう・・・」

ケースの中にいるハチを見つめていた橋田さんは、声と息を詰まらせながらオイオイと泣いていました。

その後も時折、元隊員と思われる人たちがハチに手を合わせていた姿を見かけることがありましたが、澤田さんは声をかけず、そっと見守っていました。

ハチに会いたいときは『高知市子ども科学図書館』に足を運んでいた成岡さんでしたが、歳を重ねるごとに少しずつ足を運ぶ回数が減っていきました。

成岡さんは、八十歳を過ぎたころから体調がすこしずつ悪くなり、入院生活を送ることになりました。

「ハチ公、ハチ公・・・」

寝ている時に、うわごとでハチの名前を呼ぶこともありました。

平成六（一九九四）年一月、成岡正久さんは八十一歳で永遠の眠りにつきました。中国の牛頭山で幼いハチと出会ってから五十三年、成岡さんがハチと過ごしてきた長い年月は、それはそれは思い出がたくさん詰まったものとなったのです。

エピローグ　ハチ復活へ

成岡さんが亡くなってから、十年後の平成十六（二〇〇四）年春のことです。

ハチのはく製は『高知市子ども科学図書館』に展示され続けていました。

「おーい、こっちの発明コーナーで遊ぼうよ」

「僕は、科学の実験コーナーへ行ってくる」

「私は、貝がらの標本で調べものをするね」

小学生たちの弾む声が館内に響き渡ります。

はく製のハチが入ったガラスケースは、館長や職員たちの事務所の出入り口近くの壁ぎわに置かれていました。

ところが子どもたちはハチのことをあまり見向きもしませんし、存在すら気づかない子もいます。ガラスケースの一部はほこりやちりがかぶり、ハチの姿がぼんやりとしか見えません。

顔は、ビー玉のようにキラキラと輝いていた目の玉がくすみ、立派に生えていた口ひげや口元の牙は抜けて、あごの部分が変形しています。首筋や背中、お尻などのフサフサだった毛皮もところどころはげて、パサパサになっていました。筋肉隆々の四本の前あしと後あしも細く見えて、かかとがぱっくりと開いてしまい、はく製の体を支えるために足の中に埋め込んでいた鉄の棒が一部むき出しになっていたのです。

『高知市子ども科学図書館』に来たばかりのときのハチの体躯はたくましくて、いまにもガラスケースから飛び出しそうな、まさしく迫力を感じさせるはく製でした。職員らは、季節の変わり目には必ず防虫剤を入れ替えて大切に管理をしてきましたが、長い年月でハチのはく製は傷んでいました。

「ハチがここに来てから何年になるかねぇ」

館長の澤田邦子さんはハチが朽ちて行く姿を気にしていた一人でした。ガラスの中のハチをいっしょにながめる職員の一人がぽつりとつぶやきました。

「そうですね、ハチがこの図書館に来てから三十年近くになりますね。いや、はく製になってかれこれ六十年ほど経っていますから、傷むはずです」
職員の声に澤田さんはハチを見つめながら、フーッと大きなため息をつきました。

そのころ、テレビドラマ・映画・舞台で活躍している俳優の浜畑賢吉さんは、テレビ番組を通じて兵隊とハチの絆の物語を知ります。さらにはく製のハチの修復に役立ちたいと、自ら募金活動で集めたお金を持って高知市を訪れたのです。浜畑さんを高知龍馬空港で迎えたのは、高知市内の劇団『高知リトルプレイヤーズシアター』の運営責任者の田村千賀さんでした。

三歳から高校生までの子どもたちにミュージカルから演劇、ダンスを教えている田村さんは、高知市で毎年八月九日から十二日までの四日間にわたって行われ、一〇〇万人の見物客が集まる四国三大祭りの一つ「よさこい祭り」の踊りの振り付けも担当しています。

田村さんは高知県のみならず、全国各地を飛び回り、よさこいの踊りを教える忙しい日々を送っていましたが、ある日、劇団の卒業生の保護者から電話がありました。

「先生、うちの娘が浜畑賢吉先生の演劇の授業を受けていまして、浜畑先生がお一人で高知にいらっしゃると聞きましたので、劇団の子供たちにも指導をしていただくようお願いしました。申し訳ないですが、お世話をお願いできますか」

地方の劇団を盛り上げようと考えてくれた保護者に感謝した田村さんは、浜畑さんを空港で出迎えたのです。浜畑さんを乗せた車が向かった先は、『高知市子ども科学図書館』でした。

朽ちているハチのはく製のショーケースの前で、浜畑さんはハチについて語りはじめました。その話を聞いていた田村さんは、

「浜畑さん、私は高知に住んでいるのに、今初めてハチの存在を知って、高知に住んでいながら本当に恥ずかしいです。修復のための募金を集めることももちろんですが、ハチをたくさんの人に知ってもらいたいです。私の劇団でミュージカルを作り、上演して募金を集めるのはいかがでしょう。『ハチの会』ってどうでしょうか」

田村さんの頭の中は、もうハチのことでいっぱいになっていました。

「ハチの会、いいですね。ぜひやりましょう」

浜畑さんを乗せた車が次に向かったのは、高知市内にある高橋病院でした。日ごろから高知

の文化発展のために活動している高橋淳二院長は、浜畑さんとはミュージカルで高知に来演したのをきっかけに親しい仲になっていたのです。

浜畑さんのハチのはく製の修復とハチの会が発足した話を黙って聞いていた高橋院長は、口を開きました。

「ハチを復活させないかんですね」

同じ部屋で話を聞いていた、高橋院長の娘の明子さんも、

「そうや、このままボロボロの姿やったらかわいそうや」

高らかに声をあげたのです。

「ハチの会、やりましょう」

明子さんと田村さんの出会いは、まさにハチが運んできた贈りものだったのかもしれません。

「それでは、高知市長に会いにいきしょう」

さっそく、高橋院長は、高知市長の秘書課に連絡を取り、市長に会う約束を取りつけました。

「えー、高知市長に会いに行くって、今から？」

田村さんは思いもよらぬ出来事に驚くばかりでした。

高橋院長、浜畑さん、田村さんらが市長室のとなりの会議室に入ると、高知市教育委員会の教育長をはじめ市長の秘書や高知市職員の人たちがずらりと顔をそろえていました。

数分後、市長室のドアが開くと、岡崎誠也高知市長が笑みを浮かべて登場しました。

「市長の岡崎誠也です」

「高橋淳二と申します」

「浜畑賢吉です」

その横で、田村さんもドキドキしながら棒立ちになっていました。

「田村千賀と申します」

高橋院長と浜畑さんは、岡崎市長にハチと成岡正久さんの物語から、ハチのはく製を修復する活動を通じて、高知の子どもたちが戦争について学べる良い機会になることを伝えたのです。

その言葉を黙って聞いていた岡崎市長は口を開きました。

「確かに、戦争を知らない子どもたちにとってすばらしい教材になると思います。私もヒョウのハチのことを少しは知っていましたが、まさか人間が野生のヒョウを飼うことができるとは、本当に驚きました」

岡崎市長もハチのはく製を復活させることに協力的な意見を述べてくれました。

そこで、地元の高知市の子どもたちを中心にハチの修復を進めることを目的とした『ハチの会』事務局が発足し、正式に活動しはじめたのです。

その話を聞きつけた読売新聞社が、ハチを取り上げた記事を掲載します。続いて、田村さんが『高知リトルプレイヤーズシアター』の子どもたちとともに朗読劇ミュージカルを上演すると、大反響となりました。

地元のテレビ局『テレビ高知』もハチの修復活動の様子を取材してくれたことによって、ハチの存在を知った大人だけでなく、子どもたちも大切なおこづかいを寄付してくれたため、四年間で集まった寄付金は、約六十七万円になりました。

ところが、問題が発生しました。『ハチの会』の事務局が、国内のはく製を修復する専門の業者数社にハチの修復代の見積もりを出してもらったところ、『一〇〇万円～三〇〇万円』という高額な費用が提示されたのです。事務局の誰もが、がっくりと肩を落としてしまいました。

そのころ、高知県立のいち動物公園では平成二十三（二〇一一）年の開園二〇周年に向けて、副園長の多々良成紀さん（現園長）は、どうぶつ科学館をリニューアルする構想を考えていたところでした。ハチの存在は、以前から報道で知っていたので、一度見に行ってみようと『高知市子ども科学図書館』を訪れました。

すると、対応した指導員からこんな話を聞いたのです。

「実は、ハチのはく製修復の募金が集まらず困っています。こちらには予算もないため、上野動物園など管理ができるところへ譲りたいと考えています」

多々良さんは、高知ゆかりの貴重なハチのはく製を、県外へ出してはいけないと強く思いました。

多々良さんは、急いで「ハチの会」事務局の高橋明子さんに電話をかけました。

「はじめまして、のいち動物公園の多々良と申します。ヒョウのハチのはく製が県外へ流出されてしまう話もあると聞いたのですが、ぜひ、高知の子どもたちに残すべき貴重な標本です。私にお役に立つことがあれば、ご相談ください」

その電話の声を聞いた明子さんは〝ハチを助けてくれる救世主かもしれない〟と感じて、ハチを復活させたいことを伝えると、多々良さんはすぐさま博物館、動物園のはく製を手がける業者を探してくれたのです。

すぐに明子さんは、東京のはく製製作（専門）業者『東京内田科学社』の内田昇社長と電話でハチの説明をしつつ、高知市の子どもたちが大切なお金を募金してくれたことを伝えました。

「実は、傷みが激しくなったヒョウのはく製を元どおりの姿にしたいのですが、正直のところ、募金の費用がここまでです。それでも修復をお願いしたいのです」

明子さんはすがるような思いで、内田社長に頼みました。

「いいですよ、子どもたちの気持ちを大切にしてあげたいですからね」

電話からの内田社長のやさしい声が、明子さんの胸に強く響きました。

「本当ですか、ありがとうございます」

「高知県でしたね。運搬業者に頼んではく製を運ぶと、美術品のようにていねいに包むのでさらに高額な費用になりますから、私たちが自分の車で引き取りにうかがいますよ」

内田社長の粋なはからいでした。

五月、高知城を囲む新緑の木々が芽吹き、小鳥たちのさえずりも聞こえます。

東京から高知県高知市まで約八〇〇キロの長距離を九時間ほどかけて、内田社長と長男・晃さん、次男・欽也さんの三名が乗った自動車が、『高知市子ども科学図書館』に到着しました。

「遠いところまでお越しいただいて本当にありがとうございます」

内田社長を心待ちにしていた事務局の全員がお礼を述べました。

「ほう、これがお電話で話をされていたヒョウのはく製ですか。たしかにずいぶん傷んでいますね。必ず、元の元気な姿でお戻ししますよ」

ハチをなでながら笑顔を見せた内田社長と息子さんふたりは、ハチを傷つけないようにていねいに布で包み、車の荷台に乗せて、ふたたび東京へ引き返しました。

二ヶ月後の七月、太陽（たいよう）の強い日差（ひざ）しが照（て）りつける中、『高知市子ども科学図書館』の会議室では、館長をはじめ職員の誰もがイスに座（すわ）らず、歩いたり立ったままソワソワしたりしながら、ハチを待ちわびていました。

「遅（おそ）くなりました、内田です」

元気な声で内田社長と息子さんたちが、会議室に入ってきました。会議室に運ばれてきたハチの姿の変わりようにみんなはびっくりしていました。

「おぉ、すごい。ハチが生き返ったみたいだ」

「口もヒゲもきれいに修復している。ちゃんとやけどの跡（あと）も残っている。ハチに会えてよかった」

「立派な姿になりましたね」

「内田さん、本当に心から感謝します」

澤田さんがお礼を伝えました。

「いや、こちらこそ、みなさんに喜んでいただいてよかった。なにより、子どもたちにこの元気になったヒョウのハチを見て知ってもらいたいですからね」

内田社長も目を細めて、がっちりと握手を交わしました。

小学生たちの夏休みもわずかとなった八月の終わり、ハチの修復を記念した『ヒョウのハチ修復披露会』は『高知市子ども科学図書館』の三階で開催されました。さらに『チャリティーパーティー』も高知市内の高知パレスホテルの宴会場で行われたのです。

主催者の高橋明子さん、成岡正久さんのお孫さんの成岡俊昌さんをはじめ、岡﨑誠也高知市長、有限会社金高堂書店の吉村浩二社長、医療法人悠人会高橋病院の高橋淳二院長、学校法人龍馬学園の佐竹新市理事長、高知市立市民図書館千浦孝雄館長、高知ロータリークラブ、高知リトルプレイヤーズシアターの子どもたち、国際ソロプチミストよさこい高知、土佐ジョン万会、高知桜ライオンズクラブ、日本女医会高知県支部、いう会ほか、ハチのはく製を修復するために支援、寄付をしてくれた個人、団体が数多く集まってくれました。

修復されたハチはまるで生き返ったように元気な姿になって、ふたたびみんなの前にあらわれることができたのです。

以後、『高知市子ども科学図書館』に、生きているようなはく製のハチが戻ると、子どもたちも大喜びしていたのです。

「ハチ、きれいになって戻ってきてよかったね」

「ハチ、かわいいよ」

ハチは、高知の人々から愛されるマスコットになっていきました。

『高知市子ども科学図書館』は、毎年八月十五日の終戦記念日の前後に年一回のみ、子どもたちにハチの紙芝居の読み聞かせをする時間を設けることにしました。戦争で亡くなられた人々を追悼し、平和を願ってもらいたいという思いから、これまで続けてきた紙芝居の会でした。

紙芝居は、地元高知市の短期大学に通う二人の女子大生が作成してくれたものです。図書館の指導員は、ハチがかわいく描かれた二十五ページの紙芝居を子どもたちに読み聞かせをします。子どもたちは黙ってハチの話を聞き終えた後、それぞれの想いを絵に描いたり、作文にして気持ちを伝えてきました。

「これ。本物かえ」

子どもたちは初めてハチのはく製を見ると、指導員にたずねます。

「いまの子どもたちはテレビや写真・絵画で見る機会はあっても立体的な本物を見ることがありません。本物を見ることが少ない子どもたちにとって、このハチの本物のはく製をじかに見られるのは、子どもたちも感動するし、本当に生きた教材になると思います」

館長を引きついだ吉岡健一さんは目を細めて、ハチに感謝をしていました。


二〇一八年二月十一日、ヒョウのハチのはく製が展示されていた『高知市子ども科学図書館』は閉館となりました。

最後の日、記念イベント『科学の屋台村』を開催すると、高知市の多くの子どもたちは『ストロー笛』や『ペットボトル空気砲』『コップで虹』などとこれまで『高知市子ども科学図書館』が行ってきた科学実験や工作を楽しみました。

同年七月二十四日に開館した『高知みらい科学館』は、高知県庁のとなりにそびえ立つ高知城近くに高知県と高知市が共同で設置する新図書館等複合施設『オーテピア』の最上階に完成しました。

『オーテピア』には、オーテピア高知図書館、オーテピア高知声と点字の図書館、高知みらい科学館の三つの施設が入っています。

高知みらい科学館は、星空や宇宙に関するオリジナル番組を生解説で投映するプラネタリウムや、科学体験できる展示室、サイエンスショーや科学教室ができる実験室などが備わっており、子どもからお年寄りまで楽しめる施設です。

ハチのはく製は、この高知みらい科学館の展示室で、生きものと人間のかかわりについて考えるコーナーに展示されることに決まりました。

七十七年前、中国大陸の牛頭山で子ヒョウのハチと出会った日本兵・成岡正久さんは戦争について、生前、こんな言葉を遺しています。

《私たちの青春時代は戦争で明け暮れた。そして勝敗がいずれであろうと、戦争は人類最大の罪悪であり、悲劇であることも身を以って体験した。

あのいまわしい戦場へ、我が子、我が同胞を送ってはならない。

戦争は誰よりも反対の姿勢でありたい》

戦争は弱い立場の者がひどい目にあうのです。それが猛獣であり、ハチでした。きっと成岡さんはハチを『平和の教材』として、子どもたちになにかを感じてほしかったのではないでしょうか。

おわりに

ハチの存在を知ったのは、平成二十九（二〇一七）年夏、宮城県仙台市で皇室取材をしているときでした。編集者からノンフィクション作家・門田隆将著『奇跡の歌　戦争と望郷とペギー葉山』（小学館刊）に登場する「鯨部隊と豹のハチ」を記事として取り上げたいので高知県へ飛んでいただきたい、という取材の依頼があったのです。そのおおまかな内容を聞いて、まず

〝ヒョウと兵隊が中国の山奥で仲良く暮らしていた？　どういうことだろう・・・〟

急いで東北新幹線に乗り込み、東京駅に到着すると、そのまま東京国際空港から最終便の飛行機に飛び乗りました。その夜、高知龍馬空港に入ることができました。

翌朝、ヒョウのはく製が置かれているという『高知市子ども科学図書館』を訪ねました。吉岡館長をはじめ、前館長の澤田さん、ヒョウと仲良しだった兵隊の成岡正久さん（故人）のお孫さんの成岡俊昌さんやヒョウを知る関係者の方々から貴重なお話を伺うことができました。

子どもの頃からサーカスが大好きな私は、檻の中で調教師がライオンやトラたちに鞭を振る

う光景を見たことがありますが、同じ猛獣でもヒョウは一度も見たことがありません。ヒョウは人間に慣れないからと聞いていました。そのヒョウが犬や猫のように甘えたり、じゃれたり、まして人間と遊んだりしていたとは、最初は信じられませんでした。

〝ハチって、どんなヒョウだったんだろう？〟

写真の中で成岡正久さんが抱く赤ちゃんヒョウのハチの表情の写真を見ているうちに、ハチへの思いがどんどん強くなり、とても気になる存在になっていました。そこで、私はハチのことをもっと調べて、児童書を通してみなさんにお伝えしたいと思ったのです。

同年の秋から高知県へ通い、取材開始です。本文にも出てきますが、ハチのはく製を修復してくれた専門業者の方は、高知市民が集めた募金以外に負担がかからないようにと、わざわざ東京から車で片道約八〇〇キロかけて高知にはく製を引き取りに行ってくれました。私もどのくらいかかるのか東京・新宿高速バスターミナル「バスタ新宿」から深夜の長距離バスを利用してみたところ、乗用車ならばもっと早いのでしょうが、約十一時間の長旅でちょっぴりお尻が痛くなりました。

取材を進めていく中で、中国の兵舎でハチのお世話をされていた、成岡正久さんの部下、橋田寛一さん（百歳）にお会いすることができました。ご高齢のため昔の思い出を忘れてしまうことがありましたが、私が用意していた成岡さんとハチが写っている一枚の白黒写真をお見せしたときでした。

「おぉ、ハチ公。あの子が食べよった飯（めし）の肉は、わしが口で噛み砕いてやわらこうにしてやりよったがや。ほんまにかわいらしかったのう・・・」

ハチとの思い出に笑顔を浮かべて、うれしそうに語る橋田さんの目にはうっすらと光るものが見えた気がしました。

今年（平成三十年）に入ってからも高知県を往復して取材を続けていましたが、どうしてもスッキリしないことがありました。成岡さんとハチが出会った中国の奥地にある『牛頭山』に直接行って取材をしたい、という気持ちが日増しに強くなっていったのです。

〝やっぱり、『牛頭山』へ行くべきだ〟

三月下旬、日本から飛行機で約四時間半かけて、中国・武漢天河国際空港に到着しました。

現地では日本から通訳を兼ねた岡島濱（おかじまひん）さんに同行していただき、岡島さんの親戚の刘浔（りゅうしゅん）さん、周希平（しゅうきへい）さんご夫妻が現地の案内役を務めてくれたのです。

私たち四人は、空港から約一二〇キロ離れた『牛頭山』へ車で向かいました。建ち並ぶビルや街中を抜けて、しばらくすると田んぼが広がりはじめ、放牧された牛が牧草を食べている光景が飛び込んできました。黄色い花びらをつけた油菜花（ゆさいふぁ）が、まるでじゅうたんのようにあたり一面を埋めつくす景色は、春の訪れを感じさせてくれました。日本よりちょっと蒸し暑さを感じましたが、緑に包まれた自然豊かな風景を眺めながら、ひたすら車は走ります。二時間ほどすると、ようやく『牛頭山』の麓にたどり着きました。標高約一〇〇メートルですが、岩肌が見え隠れして、かつての銅山であったことがうかがえます。

当時の街並みの光景は変わりつつありましたが、成岡正久さんの著書の中でも記された通り、七十七年経ったいまでも、田園風景などはそのまま残っていました。車から降りた私は、『牛頭山』に通じる山道を登りながらカメラ撮影をしていると、小さな村を見つけました。村人たちにヒョウのことを聞き歩きましたが、誰も知らないという返事ばかりでした。途方に暮れていた中で、村人たちが芸能や催事で利用する文化施設がありましたので、管理をしている中国人男性に通訳を通じて話しかけてみました。

「かつて野生のヒョウが住んでいたことや日本人がいたことをご存知ですか？」

すると、中国人の男性は大きくうなずきました。

「昔、祖父や父親から、この牛頭山には野生のシカ、イノシシ、ウサギを食べるヒョウが山に棲みついていたと聞いたことがある。日本兵もいたそうだ」

牛頭山でヒョウと日本兵が本当に実在していた話を聞いて、

〝やった！〟

と思わず、心の中で叫んでしまいました。

その言葉で、ようやく胸につっかえていたものが消えてスッキリした気持ちになりました。

その後も牛頭山周辺に暮らす村民たちや近くの白沙舗という街でもしばらく聞き込みを続けていましたが、戦争のことさえ知らない若い世代の人たちばかりで、ヒョウの話題などでてくるはずがありません。もっと滞在して調べたかったのですが、原稿の締め切りも迫っていたため、日本に戻らなければならず、中国の滞在日数はわずか四日間でした。

〝成岡さん、ハチと出会った牛頭山はこちらですね。思い出されましたか〟

私は同じ場所に立ち、持参(じさん)した写真にこう話しかけました。

ヒョウのハチは、成岡さんをはじめ、兵隊さんたちに愛されました。日本兵たちは戦争のために中国へ赴(おもむ)きましたが、戦時下でも人間のやさしさとあたたかな心を失わず、一匹のヒョウを愛しました。

戦争そのものは悲しい出来事です。しかし、戦争を通じて出会った人間とハチとの真実の物語は、時間も距離も超えて、中国から、東京・上野動物園、そして高知へとつながり、現在もはく製として語り継がれています。

〝みんな、ぼくがいる高知に会いにきてね〟

私には、ハチがこう話しかけているように聞こえてきます。

このたび、取材に快くご協力いただきました方々のお名前を記すことで、感謝の言葉にかえさせていただきます。（五十音順、敬称略）

内田晃、内田欽也、内田昇、岡﨑誠也、岡島濱、岡田直樹、絹川尭彦、貞廣岳士、澤田邦子、島﨑昌、白井真佐子、高橋明子、高橋淳二、髙橋信裕、多々良成紀、田村智志、田村千賀、中島修、成岡俊昌、橋田寛一、橋田豪夫、山﨑敬造、横田寿生、吉岡健一、和田勝美

二〇一八（平成三十）年　初夏

祓川　学

参考文献

『兵隊と豹』（成岡正久　大東亜社）
『還らざる青春譜』（成岡正久　非売品）
『陸軍省派遣極秘従軍舞踊団』（宮操子　発売星雲社・発行創栄出版）
『戦場の天使』（浜畑賢吉　角川春樹事務所）
『全集日本動物誌4』（伊谷純一郎・成岡正久・福田三郎　講談社）
『奇跡の歌　戦争と望郷とペギー葉山』（門田隆将　小学館）

写真提供　朝日新聞社　成岡俊昌

さく　祓川 学　はらいかわ　まなぶ

児童文学作家、ノンフィクションライター、皇室記者。日本児童文芸家協会会員。東京生まれ。立正大学卒業後、総合週刊誌、月刊誌等で主に皇室記事を担当。ほか事件、ヒューマン・ドキュメンタリー、著名人へのインタビュー記事にも取り組み、海外・国内で取材活動を続けている。主な児童向けの著書に『恐竜ガールと情熱博士と』［福井市こどもの本大賞 ノンフィクション部門］受賞。学習まんが人物館『平成の天皇』［原作シナリオ］（共に小学館）。『義足のロングシュート』［石川県優良図書］『フラガールと犬のチョコ』［岩手県読書感想文課題図書］『洞窟少年と犬のシロ』『ラーゲリ犬クロの奇跡』（すべて弊社刊）がある。

イラスト　伏木 ありさ　ふしき　ありさ

1989年生まれ。千葉県出身、東京都在住。イラストレーション青山塾にてイラストレーションを学ぶ。イラストレーターズ通信会員。

http://arisafushiki.com/

兵隊さんに愛されたヒョウのハチ

平成三十年六月二十六日　第一刷発行
令和五年　九月十三日　第十三刷発行

著　者　祓川 学
発行者　日高裕明
発行所　ハート出版
〒一七一-〇〇一四　東京都豊島区池袋三-九-二三
〇三-三五九〇-六〇七七

ISBN978-4-8024-0058-9　C8093

印刷・製本／中央精版印刷　編集担当／西山、日高